83歳、まだまだ書くぞ　おかやま雑学ノート　第15集

83歳、まだまだ書くぞ　おかやま雑学ノート　第15集／目次

Ⅰ　知られざる郷土史を掘る

Ⅱ　歴史の行間を読む

Ⅲ 岡山のうちそとを歩く

カバーデザイン・日下デザイン事務所

I　知られざる郷土史を掘る

〝おらんだおイネ〟が岡山で受けた心の傷を正しく理解しよう

①船中乱暴説をなぜ師弟愛の結晶に

昨年（２０１７）11月、山陽放送㈱創立65周年、テレビ放送60周年記念のミュージカル「オランダおイネあじさい物語」を観た。出演者１２０人の熱演は、観客に大きな感動を与えたが、イネの女児出産は師石井宗謙との師弟愛の結晶、と美化したのには首をかしげた。

もっと驚いたのは、ミュージカル上演11日前、11月8日午後7時から1時間放送した同社報道番組「地域スペシャル　メッセージ」だ。「オランダおイネ知られざる生涯」のタイトルで、イネの娘たか（ただ、タカ、高子などの呼び名がある）が自身の出生にかかわる衝撃的な告白を高齢ゆえの虚言と断定、通説の〝宗謙船中乱暴説〟を全面否定していることだ。イネを正しく理解するために真実の発掘を試みる。

消された宗謙の船中乱暴説

ミュージカルは平成29年11月19日、岡山シンフォニーホール（岡山市北区）で上演された。企画、脚本、音楽すべてオリジナル。主役の同社アナウンサーをはじめ、小学生から60歳代の主婦まで出演者は毎週土、日曜、祝日に集い、7カ月の猛練習を続けたという。努力は実り観客1700人は盛んに拍手を送っていた。

ミュージカル「オランダおいね」は熱演だったが…

あらすじは、オランダ商館の医師シーボルトの娘イネ（1827〜1903）が弘化2（1845）年2月、長崎からはるばる岡山城下在住の蘭医石井宗謙（1796〜1861）を訪ねて来岡。宗謙宅で産科医目指し勉学に励むが、6年半後に女児を出産する。宗謙56歳、イネ26歳、30歳もの年齢差を超えた師弟愛の結晶とする。イネは乳児を抱いて長崎に帰り、さらに勉学に励み、日本最初の産科医になる、というサクセスストーリーに仕上げられていた。

作家吉村昭の名著『ふぉん・しいほるとの娘』（昭和53年3月刊行）によると、希望に胸を膨らませて来岡したイネは、母を下津井で見送った帰りの船中で宗謙に乱暴されて妊娠、出産し、絶望のうちに岡山を去る。吉村は史実を徹底的に調査することで知られ、同書は証言に基づいて「自信をもって世に問う」とした力作。山陽新聞文化欄に「僕が調べなかったら永遠に埋もれていた話」との随想を寄せているほど。

吉村昭の名作『ふぉん・しいほるとの娘』は今も読み続けられている

娯楽性が求められるミュージカルで史実に目くじらを立てるつもりはないが、「メッセージ」は山陽放送の報道番組である。十分な根拠の説明もないまま、〝虚言〟呼ばわりして、通説を全面否定してよいものか。事件は150年以上前のことでもあり、吉村の小説が100%正しいとの保証はないが、公共放送としてもっとていねいな説明が求められる。

イネは長崎に帰った数年後、傷心のうちにもかつて学んだ伊予・卯之町で産科、オランダ語の勉学を再開する。しかし岡山には二度と足を向けず、宗謙にも会おうともせず、援助の申し出も断っている。吉村は折に触れて、イネの宗謙に対する憎しみを吐露させているが、おそらくこれがイネの真情であろう。

もう一つの曲解は、「イネらは高瀬舟程度の小さな船で岡山・京橋港から下津井間を往復した。狭い船内で乱暴などありえない」としたこと。幕末の瀬戸内海、旭川など海上、河川輸送の実態を知らないと思えるが、これについては別項②で詳述する。

イネの娘・たかの衝撃の告白

シーボルトの娘イネが船中で宗謙に乱暴され妊娠したとするのは、れっきとした証言がある。イネの娘たか（1852〜1938）が大正12（1923）年11月、長崎の著名な郷土史家古賀十二郎（1879〜1954）に、母イネから聞いた話として語った迫真の記録が現存する。

筆記した古賀は「あまりにも衝撃的な内容」と長崎県立図書館に預け、同館は門外不出の資料として秘匿してきた。昭和40年代初め頃、吉村はイネに関心を持ち「小説に書きたい」と取材を続けていた時、当時の県立図書館長から「館外の人には初めて」と前述の資料を見せられ、小説に取り入れた。

現在長崎歴史文化博物館が保有、「施福多（シーボルト）関係資料」の中に「山脇タカ子談」（山脇は結婚後の姓）として収められている。少し長いがイネの娘たかの告白の一部を紹介する（原文抜粋）。

○母イネト石井宗謙トノ関係ヲ申シマセウ。母イネハ、石井宗謙ヲ頼リテ医術ノ研究ニ従事スルコトニナリマシタ。（略）祖母タキハ、私ノ母イネノ落着具合ヲミル為ニ、石井ノ宅ヘ遥々タヅネテ参リマシタ。而シテ母イネノ修行ノサマヲ見届ケ、漸ク安心致シマシテ天神丸ト云フ船ニ乗ッテ、長崎ヘ帰リマシタ。

其際母イネハ、石井ト共ニ船ニ乗リマシテ、母ヲ見送リマシテ、天神丸ガ帆ヲアゲテ出船ヲスル。母ハ石井ト二人帰リマス途中、船中デ石井ニ口説カレマシタガ、母ハ石井ヲキラヒマシテ、懐中ニシタ短刀ヲ以テ野獣ノヤウナ石井ヲ防ギマシタケレドモ、石井ノ暴力ニ抵抗デキズ、トウトウ処女ノ誇ヲ破ラレマシタ。

○母ハ一度宗謙ニ姦淫サレマシテカラ、其後ハ一度モ肉交ハアリマセンデシタ。母ハ石井ヲ蛇蝎ノヤウニキラッテイタノデス。

○処ガ母ハ遂ニ妊娠イタシマシタ。而シテ私ヲ生ンダノデス。（以下略）

たかの告白を虚言とする根拠は何か

山陽放送の番組「メッセージ」では、前述の証言を朗読した後「たかは72歳を過ぎており、記憶があいまい。自分が船中で乱暴された体験と混同した心の揺れが招いた虚言」といとも簡単にこの重大証言を切り捨てた。「たか自身も若い時に宗謙の息子の医師謙道（信義）の弟子に船中で乱暴されたため、母と自分の体験を混同した」という見解だが、「たかが過去の記憶を混同している」とする根拠はもっとていねいな説明が必要だ。

古賀が取材、筆記したのは大正12（1923）年11月。当時は長崎市史の編纂やシーボルト研究をしており、44歳の働き盛り。古賀は「タカ子ハ当年七十二歳ナレドモ六十歳位ニシカ見エヌ。マダナカナカ壮健デアル」と印象を語っている。古賀は取材経験豊富、真実かどうかを見抜く力量も当然持っているはず。古賀が「壮健」と判断するほど、たかは心身ともに健常だったと思える。

古賀はたかの告白を聞いて「余ハ深ク山脇タカ子、其母イネ両人ニ同情スル。余ハ両人ノ不幸ヲ衷心ヨリ悲シムノデアル。〈略〉余ハ、永久ニ両人ノ秘密ヲ忘却ノ川ニ投ジテ了ヒタイ。併シ、後年誤解サルルコトガアルカモ知レヌ。其際ノタメニ茲ニコノ秘密ヲ記シテオク」（原文のまま）とその信憑性をいささかも疑っていない。「メッセージ」がたかの告白を〝虚言〟と決めつけた根拠を知りたい。

たか自身が被った衝撃的な事件も、吉村が『ふぉん・しいほるとの娘』で初めて明らかにしたものだ。明治12（1879）年2月下旬、イネは東京にいるたかから分厚い書状を受け取った。それには驚愕の内容がしたためられており、「宗謙の息子信義の弟子と長崎から神戸経由横浜行きのイギリス船に一緒に乗ったが、船室で乱暴された」というものだった。

イネが住んだ場所は下之町商店会事務所になり、「医術修業の地」の看板がある

イネは娘たかが自分と同じような乱暴を受けたことに、偶然とはいえ言語に絶する衝撃を受ける。この時たかは夫を亡くした直後の27歳だった。のち、この手紙の存在を知った古賀が大正12（1923）年に、たかの自宅で取材、筆記したものが「山脇たか子談」である。なぜたかが母の悲劇と混同したといえるのか。吉村は書状の日付まで明記しているから、当時、現物が存在したのかも知れない。

また「山脇タカ子談」は、最近複数の研究者が閲覧、著作を出版している。中西啓著『長崎のオランダ医たち』（岩波新書）、永島正一著『続・長崎ものしり手帳』などであるが、〝虚言〟としたものはない。「メッセージ」の軽率な断言は、イネが岡山で受けた心の深手を愚弄するものではないか。

吉村昭の『ふぉん・しいほるとの娘』

吉村は昭和50（1975）年6月29日〜同52（1977）年10月30日「サンデー毎日」誌上に「ふぉん・しいほるとの娘」を連載した。事実の綿密な調査と洗練された文章は吉村の得意とするところ、読者に大きな反響を呼んだ。

船中で乱暴されたことに加え、生まれた娘に「なんの愛情もいだかぬ男との間にうまれたただの子」だからと、〝タダ〟（のちたかに改名）と名づけたイネの無念さ。さらに将来への希望も夢も砕かれて、岡山を離れるイネの心情など初めて明らかにされた事実は、多数の読者に衝撃を与えた。岡山で受けたイネの心の深手を正しく理解するべきであろう。

同53（1978）年3月毎日新聞社から単行本（上、下）で刊行され、同54（1979）年吉川英治文学賞を受賞した。吉村の多数の作品中最長編、傑作のひとつに挙げられる。新潮社から上下2冊の文庫本も出され、今なお読み続けられる人気作だ。また吉村は、同55（1980）年1月から1年間、取材の過程で入手した秘話12篇を中央公論社「歴史と人物」に連載、翌年2月『歴史の影絵』として刊行した。この中にたかの告白を「洋方女医楠本イネと娘高子」のタイトルで詳述している。ここでも宗謙がイネを乱暴した子細が生々しく語られている。

告白を筆記した郷土史家古賀十二郎

たかの告白を聞き出した古賀は、「長崎学」の先駆者、市井の歴史学者として著名。明治12（1879）年5月生まれ、昭和29（1954）年9月75歳で死去したが、その名は広く知られている。

イネの娘たかの衝撃的な告白を書き留めた古賀十二郎は長崎で著名な歴史研究家

明治30（1897）年長崎商業を首席で卒業、東京外国語学校（現東京外語大）英語科に学んだ。卒業後数年間、広島で英語教師を務めた後、長崎に帰り福岡藩長崎屋敷御用達だった家業を継いだ。本業よりも長崎の歴史、文化など長崎学の研究に打ち込み、相次いで研究成果を発表、注目された。同人誌の発行、研究会の組織化にも成功した。戦前は花街研究のために金を惜しまず、芸妓らと豪遊もしたと伝わる。

作曲家なかにし礼の直木賞小説『長崎ぶらぶら節』は平成12（2000）年映画化された。渡哲也扮する大店《おおだな》の若旦那で歴史学者のモデルが古賀である。相手の芸者あい八ねえさんは吉永小百合、古賀の名が若年層にも浸透しているのは、このせいだが、「映画は古賀の実像には程遠い」という声も聞いた。

こんな逸話を聞くと「古賀は風流人」と思いがちだが、それは戦前の話。原爆投下で家屋もぼう大な蔵書も灰燼に帰し、貧困の中で研究を続けた。電力会社の旧工員宿舎の一室で、書類に埋まりながら原稿を書いた。「長崎の歴史を研究する人は行き詰まると古賀の書を読む」といわれるほどその研究分野は広範囲にわたり、しかも「普遍性を持った研究成果は総合的な地域研究の模範」と多くの人が絶賛している（中嶋幹起著『古賀十二郎』）。

古賀は金銭には恬淡で、晩年は生活が苦しかった。名誉欲もなく、長崎名誉市民は固辞。戦前に日蘭親善に尽くした功によりオランダ女王からオラニエ・ナッソウ勲章を授与されたときは喜んだという。ほかに西日本文化賞だけ受けた。

（2018年2月7日、14日、21日、28日）

〝おらんだおイネ〟が岡山で受けた心の傷を正しく理解しよう

②宗謙の人格と旭川の高瀬舟

〝宗謙イネ乱暴事件〟は、石井宗謙の性格に起因するのではないか。宗謙にとってイネは恩師の娘、30歳も年齢差がある。長崎からはるばる来岡、勉学一筋に6年半も打ち込んだ挙句、絶望のどん底で帰郷せざるを得なかったイネの心中を察すると、〝師弟愛の結晶〟とは理解できない。宗謙を不遜で好色な人柄とする資料は多い。あわせて関係者に当時の河川交通の実態をもっと理解するよう訴えたい。

司馬遼太郎の宗謙評は傲岸で鬱懐

司馬遼太郎著『花神』は、幕末の奇才、長州生まれの大村益次郎を主役にした小説。

大村が村田蔵六と呼ばれていた若い頃、蘭学者、師匠の緒方洪庵（1810〜1863現岡山・足守出身）に頼まれて、大坂から「意地の悪い人物として知られる」（『花神』）宗謙宅を訪れる場面がある。

用件は宗謙が手に入れた蘭医書を師のために筆記することだった。手土産が効いたのか即刻手渡してくれ、蔵六は近くの宿で夜通し筆写。翌日ほっとしていると、宗謙から突然、夕刻会いたいとの連絡が来た。

「すでに食事どきである。蔵六はわざと時をはずして訪ねると、宗謙が出てきて、ひとの好意を無にするのか。と、立ちはだかったままで、いきなり怒鳴った。夕食を用意しておったのに、と宗謙はいう。岩のような坊主頭で、年は五十をとっくにすぎている様子だが、いかにも頑丈そうである」（同）と司馬は宗謙の印象を蔵六に語らせる。

石井宗謙が医院を開き、村田蔵六が訪れた岡山・オランダ通り

蔵六は高飛車な対応にもたじろがず、書斎で対話をするうちに、宗謙は「蘭方の産科では俺が日本一」「岡山で開業しているのに天下の岡山藩が注目しない」などしきりに不平を漏らす。蔵六は「この人には鬱懐《うっかい》があるのだ」とひとり合点する。鬱懐とは心が晴ればれしない状況をいう。司馬の練達の文章に、傲岸不遜の宗謙が目の前にいるような錯覚を覚える。

吉村昭や故郷の宗謙評も手厳しい

吉村昭のイネを通して見た宗謙像はどうか？　イネは初対面で宗謙は「五十歳と聞いていたが、十歳近く若く見えた。髪は黒々としていて、豊かであった。さすがに額は皺が刻まれていたが、皮膚は白かった」と純真な乙女らしい観察をする。まもなくイネは、宗謙の妻が子を産めない体であることを知るが、宗謙はそれをよいことに町内に愛人を公然と囲い、息子と紹介された2人の男児はその子であることに驚き眉をひそめる。ミュージカルにもこのくだりはでてくる。

吉村は、「宗謙は平然と朝帰りを続け、さらに2人目の愛人をつくるに至って、イネの嫌悪感は極限に達する」と筆を進める。（最初の愛人は後日鴨方藩士の後妻に嫁ぐ）。イネはこの初老の好色医師に横恋慕され、母を見送った帰りの船中で生涯癒えぬ深手を負わされた。さぞかし口惜しかったことだろう。

宗謙は生まれ故郷でも評判がよくない。平成11（1999）年3月、勝山町教育委員会（当時）編纂発行の『勝山が生んだ人物略伝』には、同町ゆかりの著名人23人を紹介、宗謙は長男の謙道（信義）とともに名を連ねる。宗謙については「医学の腕は確かだが、人間的にはかなりわがままで、すこし変人のところが見られる」として、「シーボルトの高弟であるという自負と、勝山藩の待遇が低いという不満があったのでは」と推定している。

一方、謙道は父とは異なり「頭脳抜群、明

勝山の歴史人物ガイドでも宗謙は評判がよくない

晰なだけでなく人情味豊かな心の温かい人柄」（『同』）と褒める。明治3（1870）年には若くして大坂医学校校長に就任、将来を嘱望されたが、同15（1882）年43歳で夭折した。大正4（1915）年に地元が顕彰碑を旧勝山町の誕生地に建立。撰文、書は謙道の教え子、旧勝山町出身、自由民権運動で著名な加藤平四郎（1854〜1935）。現在は真庭振興局内前の公園に移転している。宗謙の碑は昭和56（1981）年になってやっと誕生地の旧落合町に建てられた。

『岡山県歴史人物事典』（平成6年山陽新聞社刊）によると、宗謙は寛政8（1796）年、真島郡旦土村（現真庭市旦土）の医師の家に生まれた。父が死去した時は18歳、父から習い覚えた医術で村人の診療に当たったという。文政7（1824）年オランダ商館医シーボルトが長崎で鳴滝塾を開くと直ちに入門。オランダ語の進歩著しく、命じられた日本の専門書を次々に翻訳した。

シーボルトは禁制品を持ち出そうとした〝シーボルト事件〟のため、文政12（1829）年国外追放。宗謙は勝山に帰り藩医になった。弘化2（1845）年岡山城下の下之町（現岡山市北区表町）で開業したが、同事典は「産科を学ぶために来岡したシーボルトの娘イネとの間にたか（子）をもうけた」と異例のコメントをしている。この項の筆者は故中山沃《そそぐ》岡山大名誉教授（平成24年死去）、生理学の権威で医史学にも造詣が深い。イネ出産に触れずにはいられなかった心情が分かる。宗謙はその後安政3（1856）年蕃書調所で蘭学御用を務め、文久元（1861）年江戸で死去。66歳。

なぜ播磨・加古川の舟なのか

吉村は『ふぉん・しいほるとの娘』で、「イネや宗謙は、岡山・京橋港から下津井まで往復とも、四、五百石程度の弁才船《べざいせん》に乗った」と書く。山陽放送の「メッセージ」は、往復とも乗ったのは高瀬舟を改良した飛船《ひせん》と断言。数人の船頭も乗っており、船中乱暴は不可能とし、播磨・加古川の飛船が登場した。

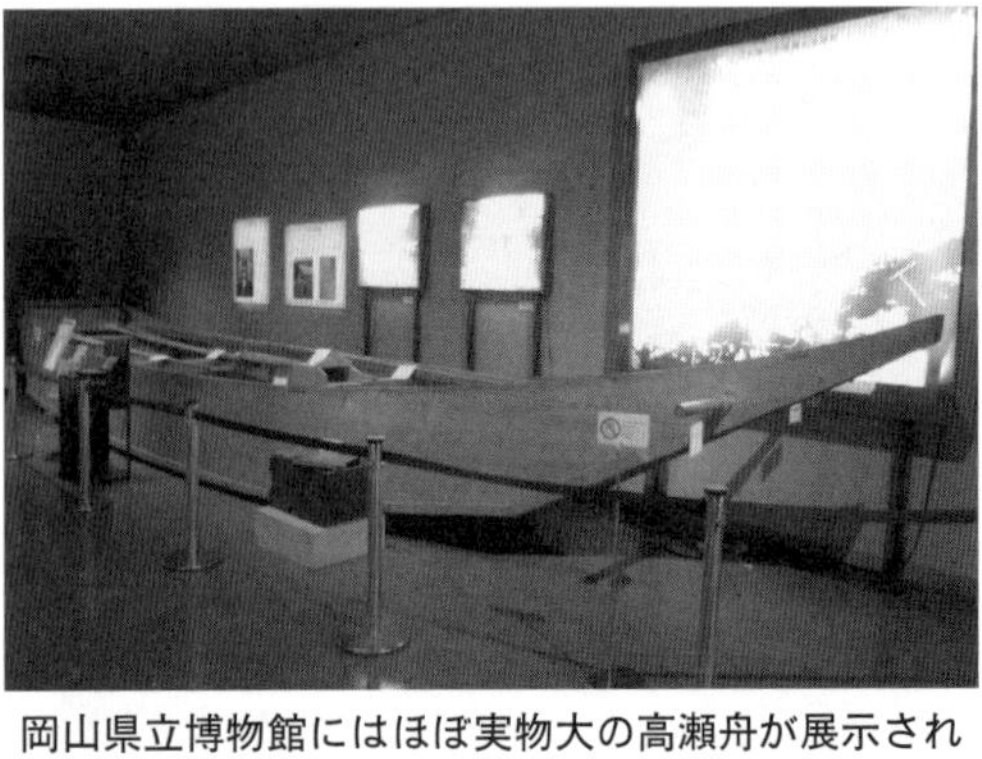

岡山県立博物館にはほぼ実物大の高瀬舟が展示されている

両説を比較検討する。

江戸時代、高瀬舟は岡山県下の旭川、吉井川、高梁川で物資輸送の主役。全長12～15㍍、最大幅2㍍、船底が平らな木造船。通常船頭3人が乗り、下りは川の流れを利用して上流の農林産物を運び、急流では櫓《ろ》や櫂《かい》で進んだ。上りは塩など日用雑貨を積み、風がよければ帆を利用することもあるが、船頭が岸から舟を引っ張って進むことも多く、重労働だった。底が平たいため横波に弱く、海上は追い風の時に航行することもあった。

「メッセージ」に登場したのは、中国自動車道社・滝野インタの上流、加古川流域滝野歴史民俗資料館（兵庫県加東市下滝野）の高瀬舟（2分の1模型）。舟中央に米俵十数俵が積まれ、船頭が3人いた。加東市は岡山県でいえば津山市に相当する位置。岡山県立博物館や高梁市下町の観光駐車場にほぼ実物大の高瀬舟が展示してあるのに、なぜ加古川の2分の1模型なのか？

滝野歴史民俗資料館の藤原光平学芸員は「当館は加古川舟運の歴史を後世に伝えるた

めに設立された。この地方では高瀬舟を飛船とは呼ばない。なぜそのように紹介されたのか」と首をかしげる。また「年貢米でも人の往来でも高瀬舟は下流の高砂港まで。あとは弁才船が大坂・堂島などに運んだ」と高瀬舟の瀬戸内航行を否定する。

弁才船は江戸時代に瀬戸内海を中心に発達、日本各地で活躍した帆船をさす。二百石（約30トン）の小舟から千六百石近くの大船までさまざま。当時経済の中心地大坂から大消費地の江戸まで諸物資を輸送した千石舟の菱垣廻船や樽廻船も弁才船とされる。

文久絵図が語る岡山城下町

岡山県立博物館第2展示室の床に、「岡山城下町絵図」（岡山大図書館所蔵）の一部を巨大なコピー（3メートル×5メートル）にして床に貼り付けてある。イネの住んだ下之町あたりもはっきりと読み取れる。

文久元（1861）年の地図というから、イネが傷心のうちに岡山を去った10年後である。イネは長崎で産科医として生きる決意を新たにしていた。海軍伝習所医官オランダ人医師ポンペに産科、病理学を、さらにポンペの後任ボードウィンにも師事、勉学に再び励んでいた。

このころ幕末日本は激動のさなか。前年の万延元（１８６０）年は桜田門外の変で大老井伊直弼は暗殺され、この年早々にロシア軍艦が対馬の一部を占拠。さらに水戸浪士らに英公使オールコックが襲われ、公武合体策として皇女和宮は将軍家茂に嫁いだが、翌年には降嫁推進者の老中安藤信正が坂下門外の変で負傷するなど騒然としていた。

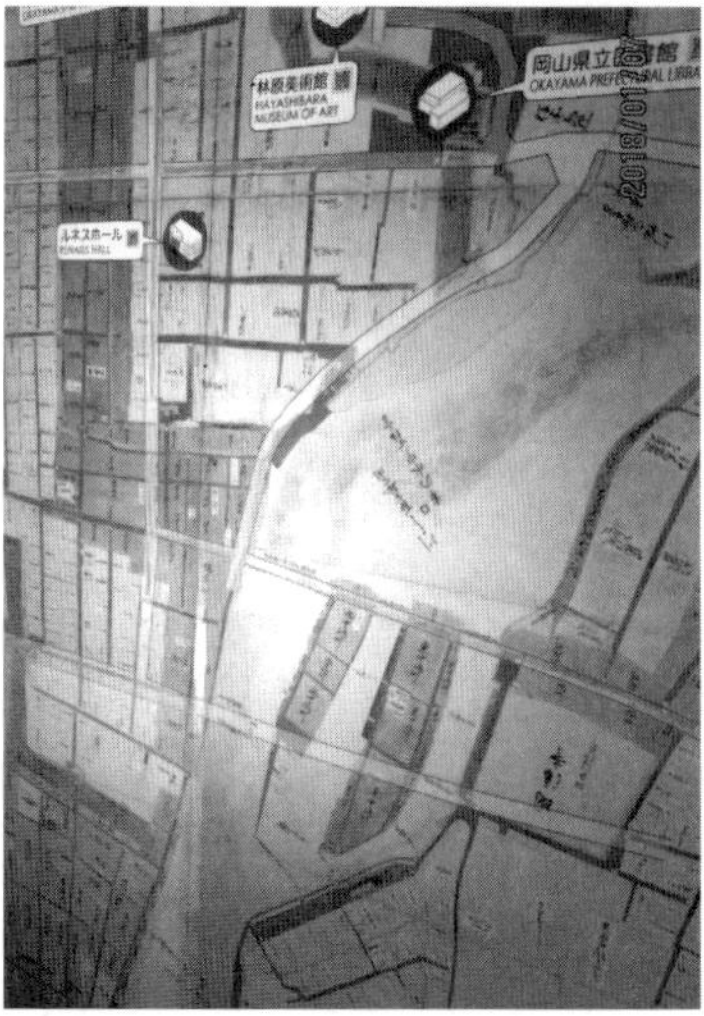

文久元年作製の「岡山城下町絵図」は旭川の水幅まで書きこんでいる

イネの身辺も騒々しかった。父シーボルトは日蘭修好通商条約締結（１８５８）により追放処分が取り消され再来日、長崎で再会を喜び合った。幕府は当初、シーボルトを外事顧問として重用したが、出しゃばりすぎと再び国外退去を命令。通訳を務めていた二宮敬作の甥でたかの許嫁三瀬周三は投獄された。イネが宗謙の病死を知ったのもこの年だった。

一方、この文久絵図は岡山城下の町並みだけでなく、京橋港や旭川について川幅や水幅が具体的に書き込まれており、当時の水運を知る上でも興味深い。京橋船着き場一帯は、「川幅177間、常の水幅43間」とある。1間は1・8㍍だから川幅318㍍、水幅77㍍もあり、特にこのあたりは大きな水溜《た》め場、つまり船が接岸する前のたまり場なのだ。拡幅、掘削されたのは江戸時代初期、高瀬舟や旭川を遡行してきた二、三百石程度の小型弁才船は、この水溜めにたむろして順番を待った。

文久絵図を基にした岡山城下町散策ガイドとして好評の『絵図で歩く岡山城下町』（岡山大学附属図書館編）は、京橋の本《もと》ということで名づけられた橋本町（現北区京橋町）を中心に、「北の川崎町から南の船着町まで雁木が整備されていた」とその賑わいぶりを述べる。同書によると、「当時この一帯は海と川の出入り口として栄え、西大寺町と並んで一等地、宅地にかかる税は最も高かった」という。テレビでは京橋かいわいを水草が茂る辺鄙な岸辺とし、小さい川ガニまで這《は》わせていた。

幕末の河川交通にもっと理解を

岡山藩は江戸時代初め、京橋港から3㌔下流の旭川右岸に藩船専用の船溜まり（同北区御舟入町）を設け、藩主の御座船（千石船クラス）3艘ほか120艘の中小舟を常駐させていた。参勤交代や公用に利用したが、旭川下流は水量が豊かで、高瀬舟だけでなく、さまざまな弁才船の航行が可能だったことを物語る。この辺りでは川幅は300㍍を超え、常の水幅は200㍍近くあり、堂々たる大河である。

旧橋本町（現京橋南町の船着場）は海と川の出入り口として栄えた

イネをテーマにしたシンポジウムが平成27（2015）年4月岡山で開催されたとき、

「弁才船は船底が3段もあるから旭川は航行できない」と司会者が発言、山陽放送学術文化財団刊行『岡山蘭学の群像1』にはそのまま記載されている。千石船クラスの弁才船でも2層構造なのを知らなかったのか。

弁才船の帆柱直下、後部上層の部屋（矢印）で休憩食事などをする。旅人が休むこともあった＝堺市博物館

吉村の小説に登場するのは「四、五百石の弁才船（約75トン積み）」。平底だから喫水線下は2㍍程度。船倉は2層で帆柱の真下上部1層には乗員や船頭の休憩室がある。これは弁才船に共通の構造だ。乗員はここで休息や食事をとり、旅人も希望すれば休息できた。イネらは下津井からの帰途、夜風を避けるため乗員に勧められ休んだのはこのような部屋、ここで乱暴されたと吉村は書く。

明治半ばの倉敷・美観地区風景として、大原孫三郎撮影とされる倉敷川中橋に小型弁才船2艘が並ぶ写真がある。原綿を運んだ船と思われるが、小型弁才船が児島湾から遡行したことを物語る。明治の社会運動家、倉敷生まれの山川均（１８８０〜１９５８）は「前神川（現倉敷川）には二百石積みくらいからテンマ船まで大小の和船が、二三十艘はいつでももやっていた」（『ある凡人の記録』）と回想する。同じころ、現同市茶屋町の水門橋に横付けされた弁才船の写真も残されている。

いずれの写真もイネの時代から40年後のことになるが、和船構造は当時と同じだ。旭川、吉井川を航行する弁才船の写真は見つからなかったが、幕末から明治にかけて、多数の弁才船が旭川は京橋、吉井川は西大寺まで遡行していたのは確かだ。

旭川を下る高瀬舟は小串まで

江戸時代わが国の海上、河川交通は、江戸、大坂への年貢米輸送のために急速に発達。日本海方面から大坂への輸送は、千石クラスの菱垣廻船が西回り海上輸送の主力になった。乗員十数人、全長29㍍、船幅7・4㍍、深さ2・4㍍が標準の大きさ。五百石クラスは一回り小さく全長18㍍、幅6㍍、深さ2㍍程度。

岡山藩でも当初、集荷した年貢米を藩有船で大坂に輸送したが、この時の積出港は児島半島先端の小串（岡山市南区小串）や吉井川河口の九蟠（同東区九蟠）だ。同藩は小串村の海岸近くに米蔵を設け、旭川、吉井川を下った高瀬舟で持ち込まれた米俵は内海航路の弁才船に積み替えられた。

寛文期（1661〜1672）になると、旭川京橋港のほか児島半島の北浦、郡、小串の各村、吉井川の西大寺、金岡、備前東の片上村など7水主浦《かこうら》の船主に輸送を委託。正徳年間（1711〜1716）には船着き場は32カ所に増え、海上輸送は藩米だけでなく、諸荷物や商品作物、公儀御用や人の移動などでにぎわった。

明治半ばの弁才船。左は倉敷川に２艘、右は茶屋町水門橋に横付け。幕末と変わらない風景と思われる＝写真集『明治大正の岡山』から転載

『岡山県史　近世Ⅱ』によると、幕末の備前国内に五百石積み以上の大船は57艘、五百石積み以下になると、２４０７艘もあったという。イネらが京橋から下津井まで小型弁才船を利用することは、さしてむずかしいことではなかった。藩船奉行はすべての船を統括。片上、牛窓、下津井、大漂《おおたぶ》（現大多府島）に在番所を置き、交通監視、税徴収などの実務を行い、整然とした行政、輸送体制を確立した。

吉村の弁才船に軍配？

「メッセージ」の言うように、旭川京橋港から下津井まで高瀬舟で行こうとすれば、旭川を下って川口の福島の舟番所までが6㌔。この間は流れに乗って下るから比較的穏やかだが、ここからは児島湾北岸を小串目指して東へ浦伝いに進む。川の流れは全くなく風をうまく利用するか、櫂を使わなければならない。（弁才船はすでに帆の綿布の改良、操船技術の向上もあって船足は速く、逆風、横風でも自在に走行できる水準に達していた）。

10キロ以上東行して児島半島小串の先を南下すると、穏やかな瀬戸内海でも児島湾内とは違って波が荒くなり、転覆の危険は増す。渋川近くの出崎半島は大回り、船足の遅い高瀬舟にとって下津井はまだ遠い。日比沖を西走し久須美鼻を過ぎるとやっと下津井は目の前。川下りと合わせると約60キロ。長い海上航行は小さな平底の高瀬舟では無理だ。

吉村の小説によると、2人が京橋港に帰った時はとっぷり日が暮れていた。高瀬舟が夕暮れ近くの瀬戸内海と児島湾を走ることは危険。さらに福島からは夕闇の中を、旭川沿いに船頭が高瀬舟を引っ張って6キロも京橋まで歩き続けることは不可能だ。小説とはいえ、吉村の弁才船説の方が条理にかなっているように思える。

（2018年3月7日、14日、21日、28日）

付言

私は平成18（2006）年1月、「エフエムくらしき」で日本最初の産科医楠本イネのことを連続5回（1回10分）話して以来、イネの呼称は本名の楠本イネか、一般に知られたおイネ、イネを使っている。今回はミュージカルとテレビ放送のタイトルに〝おらんだおイネ〟の俗称がかぶせてあり、やむなく〝オランダおいね〟を使ったが、イネの人格を傷つけかねない呼称と思う。また父シーボルトはドイツ人であり、無用の誤解を招く恐れもある。ミュージカルでも主役イネは「オランダ人の血を引く」とのセリフを2回話した。人名の呼称にはもっと慎重でなければならない。

玉野から呉に流出した世界記憶遺産
「朝鮮通信使備前御馳走船行列図」を惜しむ

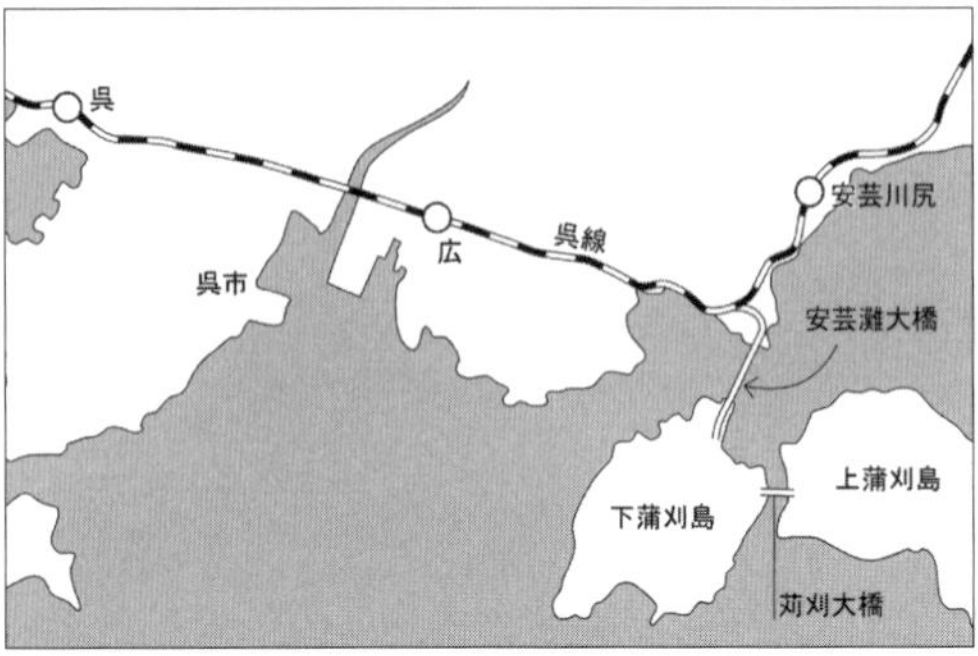

平成29（2017）年10月31日、「江戸時代の朝鮮通信使に関する記録」111件333点がユネスコの世界記憶遺産に登録された。山陽新聞はエリア内に牛窓、鞆などゆかりの港があり、一面のほか社会面にも詳細な解説を掲載、さらに代表的資料の「朝鮮人来朝覚《おぼえ》備前御馳走船行列図」（以下「御馳走船行列図」）などの写真2点を添え適切な対応だった。

私的なことだが、この「御馳走船行列図」の写真説明で、長年玉野市の四宮家に秘蔵されてきた同図は、広島・芸予諸島の下蒲刈島にある御馳走一番館（蘭島文化振興財団）に買い取られていることを初めて知った。不明を恥じながら、好天の秋の一日、ＪＲ呉線広駅からバスで安芸灘大橋を渡り同島に駆け付けた。

貴重な文化財「御馳走船行列図」

江戸時代、朝鮮王朝は日本の将軍交代など慶事のたびに、友好親善の通信使節団を派遣、２６０年間に12回来日した。「通信」とは信（よしみ）を通（かよわす）意味。慶長12（１９０７）年から寛永元（１６２４）年まで当初3回は、使節名は「回答兼刷還使」。豊臣秀吉の朝鮮出兵で日本に連行された同胞を連れ帰る任務もあった。

「御馳走船行列図」は、延享5（１７４８）年、第10次通信使が玉野・日比沖を江戸に向かう際に描かれた。鞆の浦から牛窓に行く予定だったが、海が荒れ日比沖に停泊。地元の絵師が詳細に描いたといわれ、同市の旧家・四宮家が保有してきた。

同館はいつどんな経路で入手したのか。売却が報道された記憶はない。呉市教育委員会文化財課に問い合わせたところ、「平成18（２００６）年2月、両者間の合意で円満に譲渡された」との回答があった。玉野市教委社会教育課は「最近売却されたことを知った」という。

縦14・5㌢、横は8㍍25㌢の絵巻物で紙本着色。先頭は警護を担当する岡山藩池田外記の船、名前が墨黒々と書かれている。続いて水先案内の日本人が乗る大船では、朝鮮楽隊が笛や踊りで船団を鼓舞する。通信使の正副使船5隻が縦列に間隔を取りながら進み、護衛の日本の小船多数が周りを囲み延々と続く。最後には絵師の詳細なメモまである貴重な文化財だ。

玉野から流出した朝鮮通信使の資料を展示する御馳走一番館＝呉市下蒲刈町

呉市は御馳走一番館が購入後、市文化財に指定。今では通信使ゆかりの品々を展示する同館の目玉だ。購入交渉の詳細や価格を尋ねたが、口をつぐんだ。昭和56（1981）年秋、岡山県立博物館で「海の道―瀬戸内の海上交通―」展が開催されたとき、この「御馳走船行列図」はいつも人だかりがしていたのを思い出した。

三十数年ぶりに丹念に見学したが、当時気づかなかったことも発見した。この第10次通信使は対馬に立ち寄った時、副使船が失火で焼失する事件があった。直ちに代わりの日本船を探し出し、事なきを得たが、行列の中ほどの副使船下部に見物人の会話が書き込まれている。「アレヲ見ヨ　モメン帆デナイゾ」と、応急措置を取っていることを匂わせ、通信使への関心の高さが分かる。

平成20（2008）年2月、朝鮮通信使来朝400年を機に、岡山県立博物館で「朝鮮通信使と岡山」展

朝鮮通信使が上陸した下蒲刈島の長雁木

が開かれた。この時にも「御馳走船行列図」は展示されたが、「蘭島文化振興財団提供」は気がつかなかった。譲渡されて2年後のことだが、玉野市の旧家から買い取られた解説はなかったと思う。

瀬戸内海交通の要衝・下蒲刈島

御馳走一番館のある下蒲刈島は、古来瀬戸内海海上交通の要衝として栄えた。安芸灘に東西に並ぶ芸予諸島7つの島のひとつ、安芸灘大橋を渡った最初の島。現在、ここから上蒲刈島、大崎下島などを経て愛媛県岡村島まで7つの島を7つの橋で結ぶ〝とびしま海道〟として観光客に人気だ。下蒲刈島では毎年秋朝鮮通信使行列が再現され、約250人の島民が色とりどりの民族衣装で参加する。

朝鮮通信使は11回も同島三之瀬港に立ち寄り、広島藩は港に接待所を設け歓待した。桟橋から宿舎まで数十㍍に赤いフェルトを敷き詰めた。部屋は金屏風で飾り、夜には宿舎全体を多数の提灯で飾り、真昼のように照らした。準備には多数の島民が動員され、大きな負担だったといわれる。

特に料理には気を遣《つか》い、内外の珍味で饗応した。「安芸蒲刈島の料理は道中で最も美味だった、と使節が語った記録が幕府に残る。これにちなんで御馳走一番館と名付けた」と同館は胸を張る。

通信使が絶賛した〝3汁15菜〟の料理は、朱塗りの器に復元見本がにぎにぎしく陳列してあった。キジ、豚、鶏などの肉類、タイ、スズキ、ヒラメ、アワビなどの魚介類、さらに新鮮な野菜など。「将軍でさえ〝1汁4菜〟。使節に同行した対馬藩士が舌を巻いたのもうなずける」と同館は力をこめた。ただしこの豪華料理は使節団約500人のうち、トップ3の正使、副使、従事官の3クラスに限られていた、とも聞いた。

通信使行列のジオラマ模型、通信使船模型なども展示されているが、いずれも復元品。「御馳走船行烈図」だけが記憶遺産に登録された。同館が貴重なこの文化財を喉から手が出るほど欲しかったことがよく分かった。参考までに牛窓は本蓮寺の漢詩書軸9点、

火災に遭った副使船。下の小船に日本人のささやきが書き込まれている＝牛窓海遊文化館

鞆は福禅寺対潮楼の有名な「日東第一形勝」の書など6点が登録された。

下蒲刈島三之瀬は江戸時代、海上交通の要衝として海駅に指定され、本陣と番所があった。当時の遺跡は、広島藩主福島正則時代に築造された長さ55㍍の長雁木14段だけだが、島では海岸沿いの道路を石敷きの遊歩道に整備、御馳走一番館を中心に島の歴史の再発掘と、遺跡を利用した小さな美術館巡りで町おこしに取り組んでいる。

御馳走一番館の建物は、通信使と無縁の富山・砺波地方の豪商邸を移築、平成6（1994）年開館した。松涛園内には、毛利時代の番所（山口県上関町）が忠実に復元されている。世界の灯火器を集めた「あかりの館」や、中国、朝鮮の陶磁器などを集めた「陶磁器館」もあるが、通信使とは直接のかかわりはない。

牛窓・海遊文化館の「御馳走船行列図」

下蒲刈島から帰宅後、瀬戸内市牛窓町の海遊文化館にも足を運んだ。同館は県下では最古級の擬洋風建築。明治20（1887）年牛窓警察署として建築、昭和52（1977）年まで利用された。現在は牛窓の歴史にかかわる朝鮮通信使、だんじり（山車）の展示室に生まれ変わっている。

港の真ん前、旧牛窓町の中心部にあり、観光客に人気の場所だ。背後には通信使を接待した本蓮寺がある。通信使は12回来日したが、牛窓には往復で計15回寄港、9回は近くの本蓮寺に宿泊した。同寺は南北朝時代に大覚大僧正（1927〜1364）が建立した日蓮宗の名刹。本堂ほか主要建造物は国、県指定重要文化物。境内も平成6（1994）年通信使ゆかりの遺跡として国史跡に指定さ

旧牛窓警察署を改造した牛窓海遊文化館（背景の建物は本蓮寺）

れた。通信使を接待した客殿床板は二間半通しの一枚板、一見の価値がある。

海遊文化館を訪ねたのは、呉・下蒲刈島にこっそりと売却された「御馳走船行列図」の拡大カラー写真が展示されており、しかも〝写真撮影ＯＫ〟と聞いたからだ（御馳走一番館は撮影厳禁）。なぜ牛窓にカラー写真があるのか、写真はほんとに撮影できるのか？　期待半分、好奇心半分で同館ドアを押した。

見覚えのある「御馳走船行列図」は、数倍のカラー写真に拡大されていた。特に中心の正使船、正使荷物船、副使船３隻はさらに大きい写真で展示、下蒲刈島の実物よりひときわ迫力があった。絵師がメモ書きした文字まで読める。この大きさに拡大した気配りがうれしい。

「なぜここに？」の疑問は、旧牛窓町時代、町教育長など歴任した高橋重夫さん（牛窓町在住）が、解き明かしてくれた。同町では昭和63（１９８８）年9月のソウル五輪開催前に、牛窓にゆかりの深い朝鮮通信使展の開催計画が浮上、何をどのように展示するかで議論百出だった。この時高橋さんは、玉野・四宮家秘蔵の「御馳走船行列図」に着目。同家の了解を取った上、大阪まで同行してもらい、8㍍余の絵巻物を拡大カラーにすべて複写した。旧牛窓警察署を会場にした通信使展では、この拡大カラー写真は大好評だったという。

平成4（1992）年に旧警察署を改造して牛窓海遊文化館は開館、「御馳走船行列図」のカラー写真は今では貴重な存在だ。高橋さんは「複写当時は貴重な文化財が他県に流出するとは思いもしなかった。カラー写真が通信使理解に役立つのは望外の喜び」と語る。同館の近成小夜子さんも「御馳走船行列図の展示までの子細を話すと、表情を引き締めて見直すお客さんも多い」と打ち明ける。

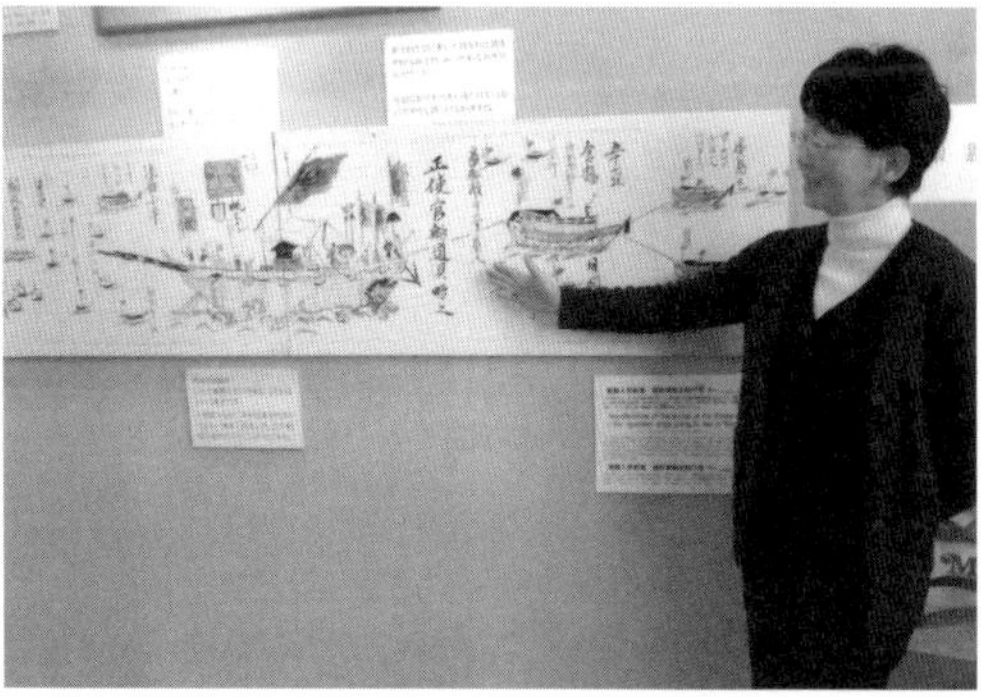
御馳走船行列図の説明をする海遊文化館の近成さん

同館には、長崎・対馬に伝わる朝鮮通信使行列のカラー写真「朝鮮國信使絵巻」や通信使一行のジオラマ、通信使の等身大の人形なども展示。同町内の疫神社で毎年10月第4日曜に秋祭りの神事として奉納される通信使ゆかりの唐子踊り（県指定重要民俗文化財）の写真もある。

（2018年1月10日、17日、24日、31日）

大政奉還上表文草案を書いたのは幕臣永井尚志、山田方谷ではない

今年（２０１７）は徳川幕府15代将軍慶喜が大政奉還を上表して１５０年（慶応３年10月14日)。上表文草案を書いたのは慶喜の腹心で、大目付、若年寄格を歴任した旗本永井尚志《なおゆき》（１８１６～１８９１）であることは、幕末史研究者の一致した見解だ。

しかし岡山県の一部では、備中松山藩元締役を務めた山田方谷（１８０５～１８７７）が草案を起草したとする説が信じられ、山田方谷記念館（新見市大佐小南）には、方谷が書いたとされる〝上表文草案写し〟が展示されている。真偽をもっと検証する必要があるのではないか。

〃方谷神話〃是正に取り組む研究会

岡山市に「方谷研究会」という民間有志の歴史研究団体がある。平成24（2012）年5月、山田方谷の事績について正しい理解に努めようと設立された。公務員、会社員、一般市民など約80人で構成、会長は方谷研究の第一人者朝森要氏（元吉備国際大非常勤講師）＝写真、代表は岡山近現代史の権威、太田健一山陽学園大名誉教授（2016年1月死去）が務めた。

朝森方谷研究会会長と論文が載る「山田方谷ゼミナール3号」

平成不況さなかの同8（1996）年ごろ、岡山県では「山田方谷は8年間に藩借財10万両を返済、さらに10万両を蓄財した」という〃方谷神話〃が蔓延、マスメディアも検証することなく付和雷同、神格化された方谷像がもてはやされた。

この風潮を是正し、方谷の正しい理解を呼びかけたのが、朝森氏と太田教授だ。2人は著作、講演などで方谷神話の誤りを指摘。また「方谷研究会」は毎年1回会員が研究発表を行い、活発な意見交換を続けている。その内容は雑誌『方谷ゼミナール』（約150㌻）に掲載され、すでに4号を数える。

同27（2015）年の第3回例会には朝森会長みずから「正しておきたいことがある」と登壇。「大政奉還と山田方谷」のテーマで「大政奉還上表文を書いたのは慶喜の腹心永井尚志」と力説、『改訂肥後藩国事資料』（永井が柳川藩の友人に語った資料）などを証拠に挙げた。長年の研究に基づいた自信と誤謬を正す学者の良心、気迫に満ちた熱弁は迫力があった。

朝森氏はペリー来航（1853年）を機に、幕府権威の低下、薩長土など雄藩の思惑と相対的に上昇した朝廷権力を対比。国際情勢にも触れながら、「慶喜は前土佐藩主山内容堂（豊信）の建白書を受け入れた形を取って大政奉還したが、腹の中では、薩長2

藩が画策した幕府の武力打倒策の機先を制し、奉還後の新体制でも中核的存在になる考えだった」と持論を披露。「上表文草案は慶喜側近の若年寄格、旗本永井に書かせた」として、方谷説を全面的に否定した。

朝森氏は『山田方谷』（山陽新聞社　1995年）や『幕末史の研究―備中松山藩―』（岩田書院　2006年）でも「大政奉還上表文草案は山田方谷でなく、永井尚志が書いた」と詳述しており、一部で流布されている方谷説を早くから否定している。

ありえない方谷の大政奉還上表文起草

山田方谷記念館の〝方谷の上表文草案写し〟とされるものは、表装されガラスケースに収まっている。磯田耕治館長は「『炎の陽明学』の著者矢吹邦彦氏の祖先、現新見市上市の名主だった矢吹久次郎宅で見つかり、邦彦氏から寄贈されたと聞いている。筆跡は方谷に間違いない」と打ち明ける。

だが方谷は将軍慶喜が大政奉還を上表した慶応3（1867）年10月より2カ月前の8月、京都から故郷に戻っている。時間的にも、距離的にも、上表文に直接関与する余地は全くない。それどころか、養子耕蔵からの大政奉還の知らせに「驚愕の至り、言語に絶する」「あまりの大変事に申す言葉もない」と返信するほど衝撃を受けている（『山田方谷全集』3巻）。

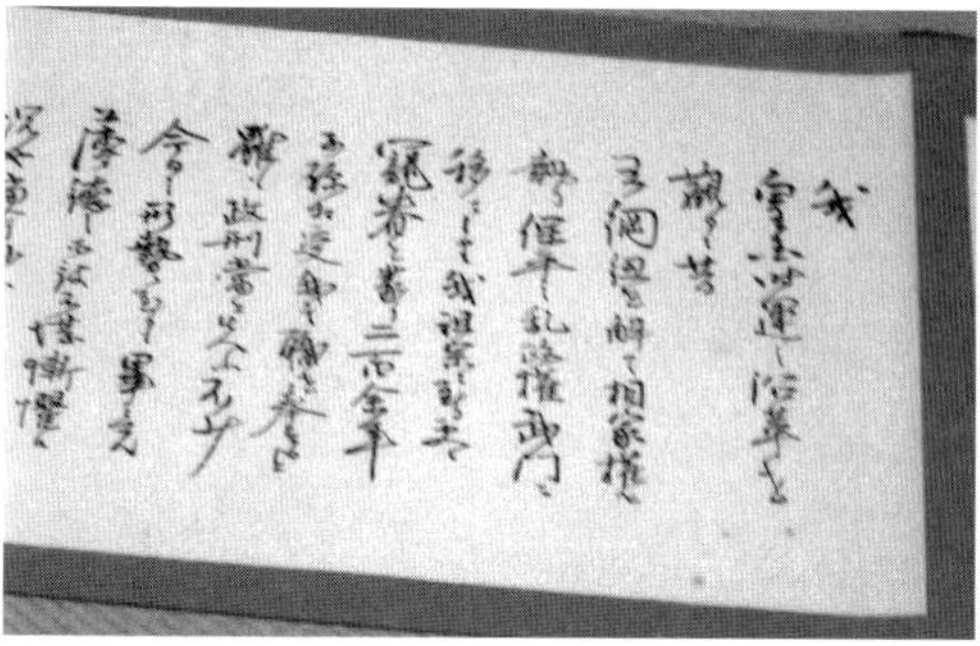
山田方谷記念館にある上表文は奉還発表の席上で配布された写しの清書？

なぜ岡山県下で方谷が大政奉還上表文草案を書いた、と信じられているのか？　調べた限りでは、平成8（1996）年刊行の『炎の陽明学』（明徳出版社）の影響が大きいと思える。同書によると、慶応3（1867）年10月12日夜半（大政奉還1日半前）、京都在住の老中板倉勝静（備中松山藩主）の使者が早馬を飛ばして方谷宅を訪れ、上表文起草を依頼したとする。方谷はその場で直ちに長文の草案を書き上げ、待たせていた早馬で折り返し勝静に届けたとするが、まさに神技、信じがたい。

方谷草案を勝静から受け取った慶喜は、「我謹ミテ」を「臣慶喜謹ミテ」に書き換え（実際は「我皇国時運の沿革を観るに」と書き換えられている）、もう一つの「我」も「臣慶喜」に変更、最後に「十月十四日慶喜」を付け加えたほかは、すべて方谷案通りで上表されたという。だがこれらを裏付ける決め手はないばかりか、津山市には筆跡は違うが、同一内容の写しが存在する。

新見と津山の上表文写しを比較する

津山郷土博物館（津山市山下）は、津山松平藩文書、松平家記録など多数を保存し、その中に大政奉還の〝上表文写し〟がある。新見展示のものと一字一句異ならない内容。同館梶村明慶主任学芸員は「松平家関

津山松平藩の古文書を多数保存する津山郷土博物館

係の文書類は昭和34（1959）年すべて市に寄贈され、直ちに資料整理が進められた。その過程でこの文書も見つかったものと思われる」と話す。

筆跡、字の大きさ、改行などは異なるが、新見の写しと全く同じ内容である。包み紙も保存されており、「老中板倉伊賀守（注・勝静のこと）より御渡に相成り候」と書かれ、「十月十三日」の日付がある。この日は慶喜が二条城で大政奉還を表明する前日。慶喜は同城黒書院の間で紀州、尾張など御三家、老中板倉、若年寄格永井ら近しい側近、土佐藩後藤象二郎、薩摩藩小松帯刀らを集め、大政奉還の決意を打ち明けたといわれる。

席上配布する奉還文の写しを多数の人間が手分けして書いたと思われる。津山の写しはこの時受け取った藩代表が

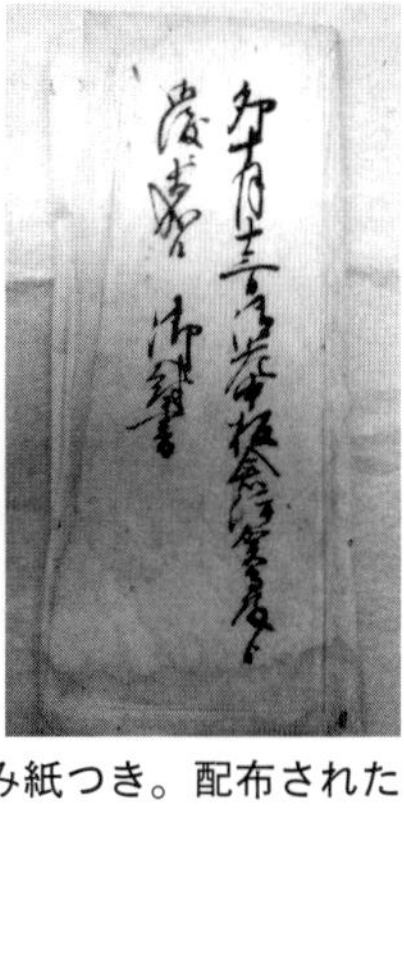

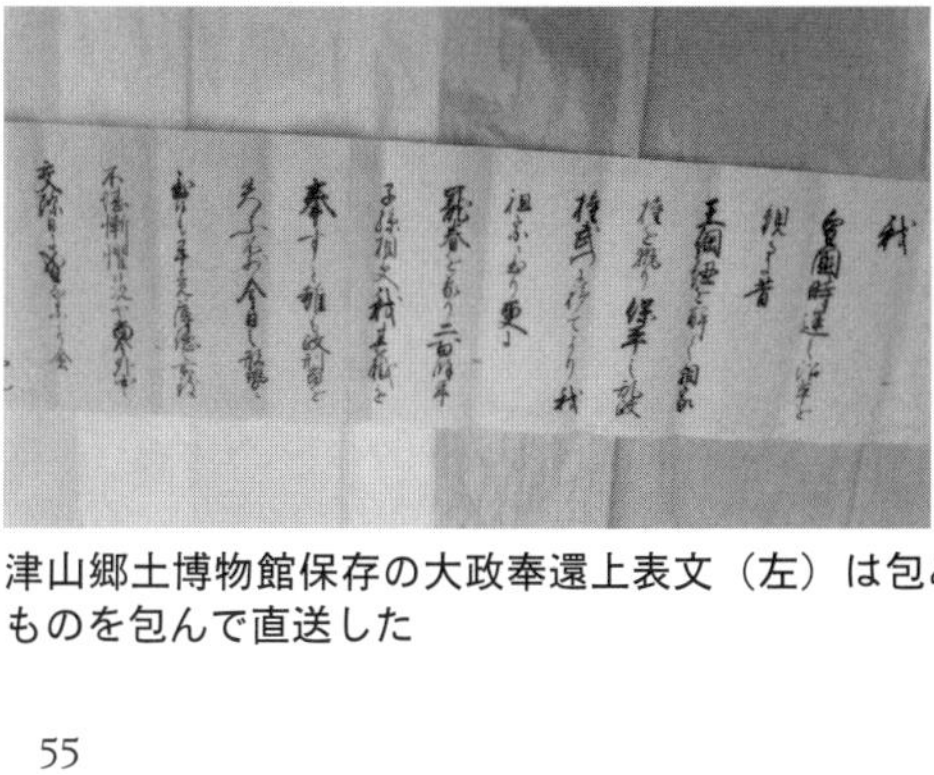

津山郷土博物館保存の大政奉還上表文（左）は包み紙つき。配布されたものを包んで直送した

そのまま急送したものが、今日まで保存された。新見は方谷が勝静?から送られたものを清書の上、久次郎に転送したと推定できる。

上表文最終案は現在東叡山現龍院に保存されているが、最終確定までに最低2回は加筆、訂正されたという。新見、津山の文書はともに、大政奉還前日に諸藩代表に配布されたものであることは明白だ。筆跡は異なるが、字句が同一なのはこのせいではないか。

大政奉還上表文を書いた永井尚志

「大政奉還がスムーズに進んだのは永井の功績が大きい」（朝森氏）が、永井についてはあまり知られていない。最近、高村直助東京大名誉教授の大作『永井尚志』（2015年）が刊行された。高村教授は幕臣としての永井の功績は①長崎海軍伝習所の創設など海軍の基礎をつくった②慶喜の意を受け大政奉還の実現にこぎつけた—の2点を挙げる。

高村教授も当然のことながら「大政奉還上表文草案は永井が書いた」と断定する。後年、永井自身が「慶喜公之（建白）を採用、上表して、政権を奉還し将軍職を辞す、余をして表案を草せしむ」の手記を自ら残しているのが何よりの証拠としている。

永井は文化13（1816）年11月、三河・奥殿藩主松平家に生まれ、25歳のころ、旗本永井家（2000石）の養子になった。ペリーが来日した嘉永6（1853）年10月38歳の時、老中阿部正弘により目付に抜擢された。翌年のペリー再来訪に備えての登用だったが、以後改革派幕臣として頭角を現す。

永井は長崎勤務（39歳）以降、積極的開国論者になり、安政5（1858）年外国奉行として蘭露英仏修好通商条約交渉に手腕を発揮した。だが幕府崩壊までの15年間、幕臣としては異例の閉門などの厳罰処分を4回も受けた。

14代将軍継嗣問題では一橋慶喜擁立の中心になったため、同6（1859）年大老井伊直弼により免職。俸禄没収、家督相続人の身分はく奪の厳罰処分を受けた。井伊暗殺後京都町奉行に復権。だが攘夷派公家に嫌われ幕府から些細な事件で閉門の言い渡し、2回目の懲罰を受けた。

数カ月後、大目付として復帰。禁門の変（1864年）後長州処分が生ぬるいと依願免職に追い込まれたが、まもなく旗本の身分ながら大名職の若年寄格に抜擢された。鳥羽伏見の敗戦（1868年）で将軍慶喜が謹慎すると、側近の永井も罷免、閉門、4度目の処罰を受けた。

だが高村教授は永井の人柄を温和で沈着、頭脳明晰、清廉とべた褒め。「徳川家のために最善の方策を模索し続け、その結果としての処罰を甘んじて受けては復権した。まさに異色の幕臣」と評価。「反対派の策略による処分もある」と擁護する。永井は戊辰戦争を箱館まで戦って降伏、新政府によって2年投獄された。出獄後は開拓御用掛などを務め、明治24（1891）年7月死去、74歳だった。気骨のある幕府官僚といえよう。

（2017年7月26日、8月2日、9日）

江戸城無血開城　〝将軍慶喜の岡山謹慎〟はなぜ消えた？

今年（２０１７）は大政奉還（慶応3年10月14日）から１５０年。徳川幕府体制の崩壊、翌年１月の鳥羽伏見の戦いに続いて、旧幕府、新政府両軍の激突が危惧される中、江戸城は無血開城、15代将軍徳川慶喜は水戸に隠居、政権交代はほぼ平穏裏に進み、多数の人命が救われた。

この歴史的快挙は交渉当事者の西郷隆盛、勝海舟2人の英断による、とされてきたが、これより数日前、西郷と幕臣山岡鉄舟（１８３６～１８８８）が駿府（現静岡市）で「慶喜の岡山謹慎」を巡って激論、解決したことが無血開城につながったことを知る人は少ない。

西郷と山岡鉄舟の駿府会談

一、慶喜は備前岡山藩に預ける
一、城を明け渡す
一、軍艦を残らず渡す
一、兵器いっさいを渡す
一、城内居住の家臣は向島に移り、慎む
一、慶喜の寧挙を助けた面々を厳重に取り調べ、謝罪の道をきっと立てる
一、玉石ともに砕く趣意はないので、鎮定の道を立て、もし暴挙があって、
　手に余ったらそれを官軍が鎮める
以上が実行されれば、徳川氏の家名は寛大に処置する

「江戸城総攻撃は間近、町は火の海になる」。新政府軍の先鋒部隊が江戸に接近、町中が騒然としていたころ、150キロ離れた駿府の旅籠で2人の巨漢が1枚の紙を挟んで

にらみ合っていた。慶応４（１８６８）年3月9日、総攻撃予定日15日の６日前のことである。

一人は新政府軍参謀西郷隆盛（吉之助）、もう一人は幕臣山岡鉄舟（鉄太郎）で、剣、槍の使い手として著名な慶喜の側近。西郷は身長１８０センチ弱、山岡は１８８センチ、体重は２人とも１００キロを超す。江戸時代男性の平均身長は１５５センチ、威圧感のある大男の対決だったに違いない。

政府軍の江戸到達間近を知った慶喜は山岡を呼び出し、「上野・寛永寺に謹慎しており、恭順の真意に変わりない。政府軍の東上を中止して欲しい、と伝えよ」と命令した。勝が依頼した説もあるが、山岡は駿府へ出発前に勝宅へ立ち寄り相談、西郷宛の手紙を預かったのが誤り伝えられたようだ。

山岡は勝のところにいた薩摩藩士益満久之助を連れ、駿府を目指した。政府軍陣営に到達すると「朝敵徳川慶喜家来山岡鉄太郎　大総督府へまかり通る」と大声で叫びながら通った。その気迫に驚いたのか、とがめるものもなく道を開け、西郷の宿泊所である松崎屋源兵衛宅（現静岡市葵区伝馬町）にたどりついた。

西郷は山岡とは初対面、その度胸に驚嘆し面会に応じたが、進軍中止はそっけなく断った。だが山岡は引き下がらなかった。西郷は山岡のほとばしる熱意と理路整然とした話しぶりに感服、緊急参謀会議を開いた。征討軍大総督の有栖川宮熾仁《たるひと》親王の承認も得て回答したのが前記7項目とされる。

西郷・山岡会談が行われた静岡市の旅館跡にある記念碑＝同市葵区伝馬町

恭順に徹した将軍慶喜

これより2カ月前の慶応4年（明治元年　1868年）1月早々、幕府軍は鳥羽伏見で政府軍に大敗。慶喜は京都守護職松平容保（会津藩主）、老中板倉勝静（備中松山藩主）らわずかの側近を引き連れて大坂湾に停泊中の幕府軍艦「開陽丸」に乗船、12日江戸城に戻った。慶喜は〝敵前逃亡〟と後々までも酷評された。朝廷はいち早く同月7日には幕府追討令を出しており、天皇への敬慕の念厚い慶喜のショックは大きく、戦意を全く喪失していた。

恭順の意思を固めた慶喜は、15日には主戦派の筆頭陸軍奉行小栗忠順《ただまさ》を罷免、和平派勝海舟を海軍奉行並に任命、さらに陸軍総裁に昇任させ講和の道を探り始めた。天璋院（篤姫、13代将軍家定正室）や静寛院宮（和宮、14代家茂同）らも、朝廷や政府に嘆願書を送ったが、効果はなかったようだ。

2月11日、政府軍約3万人が東海、東山、北陸の3ルートに分かれ江戸へ進軍開始、西郷は参謀として総指揮を執った。25日政府軍主力部隊は駿府に到着、江戸城総攻撃は秒読み段階に入った。

この時慶喜の命令で駿府に駆け付けた山岡は、天保7（1836）年江戸で旗本の家に生まれ、神陰流、北辰一刀流などの剣客として知られ、槍術家山岡家の婿養子で槍の達人としても有名。「命も、名も、金もいらぬ、始末に困る人」と西郷は感嘆し、慶喜の岡山謹慎を撤回して江戸城無血開城の道筋をつけた。

山岡の熱意に感動した西郷

話を駿府の西郷、山岡会談に戻す。7項目を一瞥した山岡は、直ちに冒頭の「将軍の岡山藩預けは絶対に承諾できない」と語気鋭く迫った。2人の間で激論が続いたと伝わるが、この間のくだりは多くの書籍もまちまちなので、信憑性が高い日本経済新聞記者小島英熙氏著『山岡鉄舟』を参考にした。同書は小島氏が平成12（2000）年4月〜9月、日経新聞日曜版に連載した「鉄舟　春風を斬る」を加筆したもの。

徳川15代将軍慶喜の〝岡山藩預け〟案を記述する書籍は多い

同書によると、山岡は「将軍が備前岡山藩預けになれば、徳川恩顧の家臣が絶対に承服しない。戦となり数万の命が失われる」と主張。これに対し西郷は「朝命だ」と反論、食い下がる山岡に、西郷は朝命を盾に1歩も引かなかったという。

山岡は「薩摩の島津公がこの立場になったとしたら、あなたは安閑として傍観できるか、君臣の情はどうなるか」と迫り、さらに激論が続いた。西郷はついに折れ「慶喜の岡山謹慎」を撤回した上、「徳川家の安泰、慶喜の身の安全など意向に沿う」と約束、交渉は無事終わった。山岡はこの時32歳。明治維新後は静岡県官吏、明治天皇侍従など務め、明治21（1888）年7月死去、享年53。山岡は幕末三舟（勝海舟、高橋泥舟、山岡鉄舟）の

三菱自工本社前にある西郷・勝会見記念碑（右）。近くのNECビル（左）は薩摩藩上屋敷跡に建つ＝港区

一人でもある。

会談が行われた松崎屋跡は新幹線新静岡駅から南に徒歩5分、旧東海道沿いのショッピングビルの側に西郷、山岡会見の碑が立つ。立ち止まる人は少ないが、西郷、山岡会談は市民には比較的知られているという。

江戸城に帰った山岡の報告を聞いた慶喜、勝はともに大喜び。「慶喜の欣喜《きんき》、言語をもって言うべからず」と山岡は記す（『西郷隆盛氏と談判筆記』）。また勝は山岡を「沈勇にして、その識高く、よく君上の英意を演説して残すところなし。はなはだもって敬服するに堪えたり」（日記）とべた褒めしている。

勝の手柄になった無血開城

勝、西郷のトップ会談は、3月13、14日薩摩藩邸で行われた。すでに駿府で地ならしは終わっており、13日は静寛院宮（和宮）の処遇を話しただけ。総攻撃を翌日に控えた

14日には、無血開城、徳川家安泰の保証、慶喜の水戸引退を前提に細部の詰めが行われ、総攻撃中止が決定した。山岡も同席して立ち会ったが、世間に全く語らず山岡の功績は次第に忘れられた。

勝、西郷会談の場所の薩摩藩邸は田町蔵屋敷説が有力。現在は三菱自動車工業本社があり、ＪＲ田町駅から徒歩2分。玄関前に丸い石碑に「会談之地」が刻まれ、説明板もある。13日の会談は高輪藩邸だったという説もある。ＪＲ品川駅の高輪口すぐ前の複合商業施設、SHINAGAWA GOOSが藩邸跡といわれる。

山岡鉄舟の墓はＪＲ日暮里駅近く、自ら建築した全生庵にある＝台東区谷中

勝は維新後、「薩長の犬」「裏切り者」など酷評され、政治屋とも批判された。だが「行蔵《こうぞう》は我に存す。毀誉《きよ》は他人の主張、我に与《あずか》らず、我に関せずと存候」と述べ、「他人

は何とでも言うがよい。自分のやったことは分かる人には分かる」と泰然としていた、と伝わる。

だが、西郷や山岡ら無血開城関係者が死去すると、口述筆記の『氷川清話』（明治31年出版）などで、しきりに自慢するようになった。「西郷は、俺が出したわずか1本の手紙で、芝、田町の薩摩邸までのそのそとやってきた」「さて、いよいよ談判になると、西郷は俺の言うことをすべて信用してくれた」といった具合。

勝は山岡が命がけで談判した駿府会談についていては全く語っていない。それどころか「ナアニ、維新のことは俺と西郷でやったのサ」（『海舟筆記』）と豪語するに至っては何をかいわんやである。山岡は生前何も語らず、無血開城は西郷と勝の功績

勝住居跡の老人ホームに立つ石碑（右）。正面には近年勝と坂本竜馬のブロンズがつくられた（左）

と信じられるようになった。

津山市出身、首相を務めたこともある平沼騏一郎は帝大生のころ（明治17、18年）、「禅を習いたい」と山岡邸を訪ねたとき、その人柄に感服したと『回顧録』に残している。「私に習うより、良いお坊さんを紹介してあげる」という短い会話の中で「山岡は才もあり、徳もある立派な人物だった」と絶賛。また江戸城無血開城にも触れ「江戸を救ったのは山岡と西郷のやったことで、勝と西郷がやったのではない。勝は才気はあったが、徳が足らなかった」と、歴史の真実を正しく見抜いているのはさすがである。

慶喜の岡山謹慎が実現していたら

西郷は慶喜の謹慎先として岡山を挙げた理由を語っ

勝生家跡の碑には大きな絵巻が新設されていた＝墨田区両国

ていないが、その心情は分かる。岡山は江戸からは遠隔の地だが、さいはての地ではない。何よりも岡山藩初代藩主池田光政の妻は家康の娘、外様大名ながら親藩並みの待遇を受けてきた。また当時の岡山藩主池田茂政は水戸藩主徳川斉昭の9男。将軍慶喜は7男、茂政の実兄だ。

水戸藩主徳川斉昭は幕末に活躍した英明な藩主で知られるが、子だくさんでも有名。男22人、女15人の子があったが、多くは早世した。鳥取藩主池田慶徳は5男で、茂政、慶喜の実兄、また島根・浜田藩主（のち美作・鶴田藩主）松平武聰《たけあきら》は10男。岡山藩、鳥取藩の兄弟2人が藩主であり、慶喜の隠棲先候補としてありうる話だ。

明治2（1869）年9月戊辰戦争の終結とともに、慶喜は上野寛永寺から水戸、次いで静岡で謹慎。

谷中霊園にある将軍慶喜の墓（左）。右は奥方＝台東区谷中

旧幕臣とその家族多数も静岡に移住した。「歴史にもしも…」はないが、もし慶喜が岡山に謹慎していたら、明治初期の岡山はどのようになっていたかは、想像するだけでも楽しい。静岡では移住した幕臣の生活は困窮し、多くは家財や衣服、刀を売って食いつないだといわれる。

山岡ら旧幕臣は幕府領の山野を懸命に開拓、茶園に転用し製茶業を静岡の基幹産業に育て、清水港は大量の茶輸出で大いに栄えた。岡山に多数の幕臣が移住していたらどうなっていたか。山岡らが中心になって広大な児島湾干拓を手掛けていれば、藤田伝三郎の出る幕はなかったかもかも知れない。

昌平坂学問所、開成所、仏語伝習所（横浜）の教師陣も多数静岡に移住、静岡学問所が開設された。幕臣、庶民を問わず多くの子弟が学び、沼津城内にはフランス式兵学校が開校した（のち陸軍兵学校に統合）。閑谷学校など庶民子弟の教育に熱心だった岡山は、もっと教育県になっていた可能性も十分だ。日本実業界の先駆者として著名な渋沢栄一は、慶喜のたっての願いで駿府藩に仕官、明治初期の地域経済活性化に貢献した。

岡山藩が渋沢を雇用したら岡山はどうなっていたか。

慶喜は旧家臣の困窮には無関心で、当時、輸入されたばかりの自転車やカメラなどに熱中、趣味三昧の生活を送ったが、政治や社会情勢に発言することは、混乱をもたらしかねないと一切口をつぐんだ、という見方もある。

（2017年5月10日、17日、24日、31日、6月7日）

◇本稿は『岡山人じゃが　2017』に寄稿した。

Ⅱ　歴史の行間を読む

山陽新聞がスクープした「瀬戸大橋4月10日開通」

第37525号　昭和62年(1987年)6月24日　水曜日

山陽新聞

瀬戸大橋

開通は来年4月10日

道路、鉄道同時に

公団内定　式典は橋上有力

申し分ない日程

万全の準備進める

31年前の昭和62（1987）年6月24日付山陽新聞。朝刊一面トップは「瀬戸大橋開通は来年4月10日」と5段ぶち抜きの大見出しが躍った＝写真。脇には「道路、鉄道同時に」「公団内定　式典は橋上有力」の見出し。瀬戸大橋開通日を正式発表の10日前にスクープしたのは、山陽新聞東京支社石合六郎記者＝現岡山市在住＝だ。

今年は瀬戸大橋開通30周年、花火大会やバスツアー、クルーズなど多様な記念行事が計画されているが、今は全く語られず、ほとんどの人が知らない山陽新聞の世紀のスクープを掘り起こす。

地道な取材が大スクープに

本四連絡橋の瀬戸大橋（児島─坂出ルート）は、瀬戸内海大橋（尾道─今治ルート）、明石海峡大橋（神戸─鳴門ルート）と激しい誘致競争を繰り広げた末、昭和53（1978）年10月10日、岡山県は倉敷市児島の鷲羽山上で、香川県は坂出市番の州で同時刻の午前10時に起工した。

同62（1987）年夏、2層構造の道路鉄道併用橋として完成は秒読み段階。岡山、香川両県関係者は祝賀式典や博覧会も絡み、「開通日はいつか」は注目の的だった。マスコミも着々と進捗する世紀の工事をにらみ開通日に神経をとがらせ、取材合戦を繰り広げていた。石合氏の大スクープは関係者の目を紙面にくぎ付けにし、メディア各社記者は地団駄を踏んで悔しがったに違いない。

石合氏は73歳で健在、岡山市内で悠々自適の生活を送る一方では、カンボジア地雷撤去キャンペーン（本部福岡市）の岡山地区責任者を務め、古代郷土史の研究などで多忙な日々を過ごす。「あの年の予算が国会で成立したのは5月下旬ごろ。それを受けて本四連絡橋公団（当時、現JB本四高速）は来年4月中には開通させる、と発表したので〝公団通い〟の頻度を一層高めたが、当事者の口は堅かった」と当時を振り返る。

足しげく通ううちに、阿吽《あうん》の呼吸で「先勝」の4月10日日曜日を直感したという。だが確証がない。さらにほかの部署、関係者にあたりこの日を確信。当時、直属上司の東京支社池田武彦編集部長に報告、〝ゴー〟サインをもらいスクープとして本社に自信をもって原稿を送った。

紙面掲載後も確信は揺るがなかった。翌月3日、建設、運輸両大臣は、予想通り「開通日は昭和63年4月10日」と正式発表、道路鉄道同時開通も的中した。再び山陽新聞朝刊一面は「4月10日瀬戸大橋開通」の正式発表を大きく報じ、社会面には地元知事ら関係者の喜びがあふれた。石合氏は「記者冥利に尽きるスクープでした」と当時をなつかしむ。

スクープこぼれ話

瀬戸大橋は5島と海峡部約9・4㌔をまたぐ3種類6橋で倉敷、坂出両市を結ぶ。下津井大橋（つり橋、1400㍍）櫃石島橋（斜長橋、790㍍）岩黒島橋（同、790㍍）与島橋（トラス橋、850㍍）北備讃大橋（つり橋、1538㍍）南備讃大橋（同、1648㍍）は〝橋の見本市〟とも呼ばれ、観光客の目を楽しませる。工期9年6カ月、総工費1兆1300億円。世界最大級の道路鉄道

開通30周年を迎えた瀬戸大橋。人的、物的交流への期待は高い（山陽新聞社提供）

併用橋だ。

「瀬戸大橋」は今では知らぬ人がない存在だが、この名称は完成直前に消滅しかけたことを知る人も少ない。橋を管理する本四橋公団は、「瀬戸大橋」はマスコミや誘致陳情などで関係者が使う仮称という見解。同公団の公式書類には、この名称は一切なかったという。昭和62（1987）年5月25日には、児島―坂出ルート自動車道（37・3キロ）の正式名称を「瀬戸中央自動車道」に決定した。

石合記者（当時）は翌日付山陽新聞「東京だより」に「瀬戸大橋が仮称で終わる」と速報、名称の危機に警鐘を鳴らした。驚いた岡山、香川両県は直ちに猛烈陳情を開始、公団は8月に「瀬戸大橋」の愛称を正式決定した。岡山―高松間の鉄道路線も、宇野線、本四備讃線、予讃線とばらばらの呼称になりかねなかったが、JRは同年11月、「瀬戸大橋線」と命名、道路、鉄道とも「瀬戸大橋」は生き残ったのだ。山陽新聞社刊の『瀬戸大橋全記録』（昭和63年刊）にもこの秘話は載っている。

南北備讃大橋は平成29（２０１７）年12月、イコモス（国際記念物遺跡会議）国内委員会の後世に残したい「日本の20世紀遺産20選」に選ばれたことは記憶に新しい。昭和63（１９８８）年の走行試験では約１０００トンの列車荷重に耐え、鉄道部分を含めて瀬戸内海に長大橋を架けた技術力が評価された。

南備讃大橋は瀬戸大橋6橋で最長、２つの主塔間の距離（中央支間長）は１１００メートル、明石海峡大橋（１９９１メートル）に次いで2位。主搭は丸い地球に直角に立つから塔間の距離は１１００メートルだが、頂上部は32ミリ長い。この話には観光客が必ず嘆声を上げるが、今年は多数の学習ツアーで子供たちの感嘆の声が例年以上に瀬戸内海にこだましそうだ。

〝忠臣蔵〟大石内蔵助の生母は天城池田家出身

岡山藩（31万5000石）は江戸時代、6人の家老にそれぞれ陣屋（役所）を構えさせ、藩領統治をした。そのひとつ、天城陣屋（倉敷市藤戸町天城）の天城池田家（3万2000石）から万治元（1658）年、赤穂藩浅野家家老の大石家に嫁いだ女性くま（1637〜1691）は、〝忠臣蔵〟（元禄15年）で有名な大石内蔵助良雄の生母である。

傍流に甘んじた天城池田家

天城池田家の祖先は池田信輝（恒興）。信長、秀吉に仕えた武将で、池田家の主流だった。天正12（1584）年信輝は秀吉方として家康と長久手（愛知県）で戦い、嫡子之《ゆき》助《すけ》とともに戦死した。之助の長男由之《よしゆき》は幼少だったため、信輝の次男輝政（のち姫路城主として著名）が家督を継ぎ、運命が変わった。

輝政は秀吉の武将として頭角を現し、同18（1590）年三河・吉田12万5000石の城主に。のち家康の娘富子を後妻に娶《めと》り、関ヶ原の戦いでは東軍に属して戦功を挙げ姫路52万石の城主に栄進した。輝政の次男忠継、次いで3男忠雄は備前31万5000石を継承（当初忠継は若すぎたため輝政長男の利隆が備前監国として統治）。岡山藩主は輝政の直系子孫である光政、綱政らが明治維新まで藩主を継承した。

このため信輝の嫡孫由之の子孫は池田家傍流に甘んじた。利隆（姫路藩主）死去時、光政は若年のため姫路から鳥取に国替えされたが、由之は米子城主に、寛永9（1632）年光政の岡山移封に伴い、由之の長男由成は下津井城代を命じられた。幕府の一国一城令により下津井城廃止（寛永16年）後は、岡山藩次席家老として天城に陣屋を構えた。

この由成6女のくま（クマ、熊）が赤穂藩家老大石良昭に嫁いだ。万治2（1659）年に長男良雄が誕生、さらに2子を産んだが、夫良昭が34歳で死去後出家し、元禄4（1691）年3月京都で死去、下京区寺町の聖光《じょうこう》寺に葬られた。同寺には赤穂義士に武器を援助したとされる天野屋利兵衛の墓もある。

天城池田家は6家老のうち伊木家に次いで2番目。上屋敷は岡山城二の丸（現北区丸の内1丁目）にあり、ほかの家老屋敷と軒を並べていた。当主はこの上屋敷に居住し、側用人、取次などが常駐した。下屋敷は現岡山市北区野田屋町1、2丁目の岡ビル百貨店や野田屋町公園一帯にあった。現在、公園内には「関西学園発祥の地」の碑が立つが、ここには明治26（1893）年3月から7年間、同校の前身、私立関西尋常中学校があった。

赤穂藩家老大石良雄宅。母くまはここに嫁いだ＝2015年撮影

陣屋ゆかりの地を歩く

江戸時代天城陣屋のあった倉敷市藤戸町天城は、金刀比羅往来でにぎわった。藤戸寺門前町の藤戸とともに、今も町中に往時をしのばせる家並みが残る。寺町の名が示すように寺院も多く、教会建築としては県下で2番目に古い日本キリスト教団天城教会もある。

まず現倉敷天城高校のサブグラウンドにあった陣屋跡を探した。「同校東の小山を約100㍍登ると陣屋跡」と教えられた。訪れた日は日曜日。生徒の姿は見えず、「お茶屋のあと」と彫り込んだ2㍍大の石碑がなければ、陣屋跡とは気が付かないだろう。その字も風雨にさらされて十分読めず、ほかに当時をしのばすものは何もなかった。近くの山林には池田家墓地があり、星島二郎揮毫の大き

天城陣屋跡の碑は倉敷天城高校のサブグラウンド脇にある

な案内碑が立つ。

近くにある静光寺《じょうこうじ》（浄土真宗）の三門は、天城陣屋の総門を移築した。境内に大石良雄生母のくまの墓があると書く郷土史もあるがこれは間違い。同寺では「2代由成の奥方、大石良雄の祖母にあたる」とし、玄関脇の案内板にも「祖母の墓」と明記してある。寺町東端の海禅寺（臨済宗）は天城池田家の菩提寺、本堂の欄間は下津井城の遺構、正福寺（日蓮宗）三門は下津井城城門の移築といわれる。

（2017年12月13日、20日）

大石良雄の祖母の墓がある天城・静光寺

映画「関ヶ原」と司馬遼太郎の『関ヶ原』、そして岡山

映画「関ヶ原」を見た。司馬遼太郎の人気小説『関ヶ原』の映画化、監督は「クライマーズ・ハイ」「日本のいちばん長い日」の原田眞人だ。岡田准一（石田三成）、役所広司（徳川家康）平岳大（島左近）有村架純（初音）ら豪華出演者に加え、「誰もが知る関ヶ原の誰もが知らない現実」というキャッチフレーズに惹かれて足を運んだ。

天下を取った家康の自信あふれる銅像＝静岡・駿府城公園

だが司馬の大作を2時間余りの映像に

凝縮するのは、やはり無理だったのか。家康の狡猾であくどい人たらし、筑前名島城主、のち岡山城主になる小早川秀秋の心理描写などは、原作の面白さに遠く及ばない。映画は新しい三成像に焦点を当てながら、両軍入り乱れるスペクタクルな関ヶ原合戦に仕上げた感じだ。戦闘シーンは史実誤認もある。

司馬遼太郎の「関ヶ原」

関ヶ原の戦いは慶長5(1600)年9月15日、美濃・関ヶ原(現岐阜県)で三成側の西軍10万人と家康率いる東軍7万5000人(人数は諸説ある)が対峙、西軍絶対優位の予想を覆して開戦わずか6時間で東軍が大勝した。

西軍に属していた秀秋が戦の途中で裏切ったため、西軍が総崩れしたとされる。これは「誰もが知っている関ヶ原」である。司馬遼太郎の歴史小説『関ヶ原(上中下)』(新潮社)は昭和41(1966)年初版、いまだに読まれ続け、総販売部数580万部を超えるロングセラー。

司馬は関ヶ原の戦いの底流は、「秀吉の正室ねねと側室淀の争い、ねね側近の尾張族と三成ゆかりの近江衆の対立」とする。ねね側の大名は秀吉子飼いの加藤清正、福島正則、加藤義明ら、淀側は能吏タイプの石田三成、長束《なつか》正家、増田長盛ら近江出身者。この2派の対立構造は、秀吉の死期が近付いた慶長2（1597）年ごろから先鋭化する。

司馬は「奸ねいの心を抱き、虎狼の心を持ち、しかも仮面をかぶって律儀を売り物にしている家康が本心を現した」という。秀吉が信頼して後事を託した家康は、秀吉没後天下取りの野望を露骨にむき出し、ねねを始め秀吉子飼いの大名の抱き込みを画策し成功する。

特に司馬は『関ヶ原〈中〉』では、家康が諸大名

三成が秀吉に認められるきっかけになったとされる
水汲みの井戸＝滋賀県米原市朝日の観音寺前

にへつらい、懐柔するさまを克明に描く。諸大名は一族の存亡、利害のために、右顧左眄、疑心暗鬼でおろおろしながらも家康に取り込まれる。そのいやらしさと情けなさ。開戦前の大きな山場を一気に読ませるが、映画ではこのあたりはさらりと描く。

一方、三成は「不正義が正義に勝ってはならない」という純粋な気持ちで家康に憤然と立ちはだかるが、根回しには無頓着。司馬はその青臭い正義感の危なさを、側近の島左近を通じて再々語らせる。映画では岡田准一が新しい三成像を熱演しているが、役所広司の憎たらしい家康はもっと迫力がある。現代の世相を皮肉って「正論、正義は必ずしも多数の支持を得られない」を訴えたかったのか。

映画「関ヶ原」の目玉は戦場シーンか？

映画は戦端が開かれると、大型画面を生かした戦いの連続。エキストラ３０００人、騎馬延べ４００頭といわれる両軍各部隊が槍、鉄砲をもって突撃、肉弾戦を延々と展開する。戦いのテンポは早く、「誰もが知らない大名」が、めまぐるしいばかりに続々登場するが、怒鳴りあう声はやたらに大きく、早口で十分聞き取れない。特に西軍島津方の薩摩弁には閉口した。

映画はこの戦場シーンに最も力を入れ、「誰もが知らない関ヶ原の再現」と意気込んだように思えるが、戦闘場面に素人でも分かる史実誤認が2カ所もある。一つは戦場で大砲の砲弾が飛び交い、すさまじい土煙を挙げて爆発、人間を吹き飛ばしていることだ。もうひとつは騎馬兵が母衣《ほろ》を背負い、集団で突進するシーンが度々あったことだ。

関ヶ原の戦いで東軍中核として功名をあげた井伊長政の勇姿＝ＪＲ彦根駅前

戦国時代、大砲は新兵器として登場したが、まだ砲弾は火薬を含まない鉛の球体、建物などの破壊が主目的だ。15年後の大坂夏の陣（１６１５年）で、家康が大坂城に鉛の球体を打ち込み、淀を震え上がらせた逸話は有名だ。砲弾がさく裂するのは幕末になってからだ。

騎馬隊が赤い母衣をつけ、集団で突進する映像もこの時代にはそぐわない。母衣は流れ矢を防ぐため大きなかごを背負い、絹布で覆ったもの、平安時代末の源平合戦のころから着用するようになったといわれる。映画では家康自身が母衣用の竹籠を編むシーンもあった。戦国時代鉄砲が普及すると次第に姿を消し、織田信長のころが最後とされる。以後は戦場の大将側近や使者が目印として使用する程度だった。

映画では騎馬部隊の集団が数種類の母衣を着け、敵陣に突入していた。これはおかしい。「関ヶ原町歴史民俗資料館」所有の関ヶ原合戦図屏風（6扇）は、両軍入り乱れる合戦を描くが、母衣をつけた騎馬武者は井伊直政の赤ぞろいの陣営に1騎いるだけ。「使番」の文字が見えるから伝令役だろう。映画製作者は間違いを承知の上と思われるが、面白ければよいというものではない。エンタテインメントとはいえ、歴史を正しく理解する点でいかがなものか。

岡山の歴史にまつわる関ヶ原

岡山城主宇喜多秀家（１５７３〜１６５５）は１万５０００人の大軍を率いて西軍に参加、中心的存在だった。敗戦の混乱の中、伊吹山中に隠れた後は、大坂を経て薩摩島津家を頼りかくまわれた。３年後にみずから名乗り出て八丈島に流される。50年生き延び83歳で没した。これは岡山では知られている歴史だ。

西軍を裏切った小早川秀秋（１５８２〜１６０２）は筑前名島30万石の城主。秀吉の妻ねねの甥だが小心者。関ヶ原後の論功行賞で、秀家旧領の備前、美作50万石の大領主になったが、赴任後まもなく精神状態がおかしくなり、20歳で若死にしたことも知られる。

島左近（１５４０〜１６００？）は大和生まれ。同地の筒井氏に仕えたとされるが詳細は不明。戦国時代の武将としては極めて有能だったらしく、三成が20歳も年上の左近

彦根城から望む佐和山城趾（前方の小山）

を破格の待遇で迎え入れ、「三成に過ぎたものが二つ。島の左近と佐和山の城」（『古今武家盛衰記』）と俗謡にうたわれた。この左近も岡山と何かとかかわりがある。

関ヶ原の戦いの前日、約500人の兵を引き連れ、家康の本陣近くの守備隊を宇喜多秀家重臣の明石掃部（生没年不明）とともに襲撃、家康側を震え上がらせた。杭瀬川の戦いである。その夜、左近は小西行長、明石らと夜襲を提案したが、三成の「夜襲は卑怯」の一言で中止になった。三成は正論を好むが、戦は下手の好例としてよく引き合いに出される。

備中庭瀬藩初代藩主戸川達安《みちやす》（1567〜1627）は、かつては宇喜多家の有力武将だったが、関ヶ原では東軍に属した。戸川勢は黒田長政の軍勢とともに、左近ら100人余りに襲い掛かり、全滅させたと伝わる。司馬は「左近以下がことごとく死骸になり、その肉塊は馬蹄に踏みにじられ、だれがどの死骸ともわからぬまでになった」（『関ヶ原』）と書く。

左近の首を懸命に捜したが、見つからなかったという。映画では左近らの一団が丘陵に集まって最後の突入を試みようとするとき、飛来した砲弾がさく裂、全員木っ端みじんに吹き飛んだ。だが左近の生存説は根強く、京都・立本寺のほか、奈良市、天竜市、対馬市などに墓が残る。

さらに不思議なことは、戸川家13代の子孫、詩人で教育者の戸川安宅《やすいえ》（1855〜1924）は、左近の兜の緒を岡山県早島町の「戸川家記念館」に、兜は久能山東照宮博物館（静岡市）に寄贈している。東照宮博物館の記録から大正12（1923）年と推定される。なぜ戸川家に左近ゆかりの兜が保存していたかは不明で、寄贈の動機も分からない（拙著『おかやま雑学ノート　第11集』）。さらなる研究が期待される。

（2017年10月11日、18日、25日）

瀬戸内市出身、不世出の天才人形師・竹田喜之助

今年（２０１７年）８月19、20日、瀬戸内市中央公民館（同市邑久町）で開催された「喜之助フェスティバル」（同フェス市民実行委主催）に足を運んだ。瀬戸内市邑久町尾張生まれ、不世出の天才人形師・竹田喜之助（本名岡本隆郎　１９２３〜１９７９）顕彰のために、昭和63（１９８８）年以降毎年開催され（平成8年を除く）、今年は29回目。

在りし日の喜之助。早すぎる死は世界中から惜しまれた（竹田喜之助顕彰会提供）

同町は平成16（２００４）年周辺2町と

合併して瀬戸内市になったが、関係者の努力で知名度は高まり、現在同市の代表的文化イベントとして定着している。来年は喜之助没後40年、喜之助フェスも30周年の節目の年を迎える。

東大工学部卒業後人形師の道へ

糸操り人形師・竹田喜之助の経歴はユニークだ。岡山一中、旧制六高から東京帝大工学部航空工学科に進んだが、終戦で航空工学科は廃止。やむなく同部機械工学科に移り、昭和25（1950）年春卒業後、人形芝居一座に飛び込んだ。将来が約束されたエリートの道を捨て、東京・上野で座長家族らと長屋暮らしをしながら、技術の修得に明け暮れた。

糸操り人形は、上から垂らした十数本の糸と、くりぬいた穴が2カ所ある手板《ていた》からも垂らした多数の糸で人形を操作する。一人前になるには10年かかるという。江戸時代の寛文年間（1661～1672）に始まったとされ、現在いくつかの流派がある。

喜之助が弟子入りしたのは、江戸浄瑠璃の流れをくむ結城孫太郎一座。同座が千葉市の映画館で公演していた時、「人形の写真を撮らせてほしい」と楽屋を訪ねた。話すうちに糸操り人形に魅せられ入門したが、郷里の両親には内緒だった。「終戦により心の中に大きな空白ができ、何か打ち込めるものが欲しかった」と後年述懐している。

結城座は同30（1955）年4月竹田座に改名。兄弟子竹田扇之助と二人三脚で同座を支えることになった。喜之助は呉服屋の長男に生まれ、小学校ではいつも級長。絵画、書道もよくし、祖父の影響で浄瑠璃や文楽を好むなど文化的才能にも恵まれていた。手先も器用で、たまたま戦災で焼失した人形不足を補うために、彫った人形の頭《かしら》が専門家の目に留まり、高く評価された。

同31（1956）年人形劇「宝島」のハンズの頭が光風会工芸展に、同34（1959）年「寿三番叟」の頭一式が日本伝統工芸展に入賞した。同座の人形劇は当時普及し始めたTVで引っ張りだこになり、人気は急上昇した。同32（1957）年に「雪ん子」、同41（1966）年には「鶴の笛」が文部省（当時）芸術祭奨励賞を受賞。同43（1968）年からたびたび欧米で公演して観客の大喝采を浴び、喜之助の知名度は国内だけでなく海外でも高まった。

喜之助は謙虚で控え目な性格、地位や名誉、金銭などにも恬淡《てんたん》とし、国際的に有名になっても驕《おご》らない人柄に心服する人は多かった。同54（1979）年9月交通事故のため56歳で急逝した時は、日本はもちろん世界中の関係者が衝撃を受け、その早すぎる死を悼んだ。

「喜之助フェスティバル」の地域貢献

喜之助の死後、邑久町に「喜之助顕彰会」（現在「喜之助フェスティバル市民実行委員会」）が発足、町内各団体や全国の人形劇グループに呼び掛けて、没後10年を控えた同63（1988）年8月、母校邑久小学校で「第1回喜之助フェスティバル」開催にこぎつけた。10団体70人が参加。代表作「雪ん子」を竹田人形座ＯＢの鈴木友子さんらが

愛らしい人形が並ぶ市民図書館の「喜之助ギャラリー」＝瀬戸内市邑久町

実演のほか、〝幻の映画〟「明治はるあき」も上映され大好評だった。

以後人形劇ファンのすそ野は広がり、小学校や町内に同好グループが相次いで誕生した。今年も同市中央公民館をメイン会場にプロ６劇団、アマチュア６劇団が参加、イベントとしての定着を感じた。主催者によると、ここ数年入場者は５０００人台を安定的に推移している。

喜之助フェスは、「地域おこしへの貢献」でも注目された。平成２（１９９０）年には岡山県ふるさと文化賞、翌年には山陽新聞奨励賞（文化部門）、同21（２００９）年には福武文化奨励賞など受賞。「喜之助顕彰会」も喜之助フェスの中核としての長年の活動が評価され、同26（２０１４）年山陽新聞奨励賞（社会部門）に輝いた。

喜之助自身も没後の同3（1991）年「人形劇界に多大な貢献があった」として邑久町名誉町民に、さらに翌年世界人形劇連盟名誉会員に選ばれた。同市中央公民館の一角に立派な顕彰碑が建てられた。同28（2016）年に開館した瀬戸内市民図書館には「喜之助ギャラリー」が設けられ、「雪ん子」などの人形が十数体常設展示されている。何事にも控え目だった喜之助は、あの世で少しはにかんでいるかもしれない。

瀬戸内市中央公民館には立派な顕彰碑が平成4年につくられた

人形に込められ航空工学と人柄

喜之助人形のユニークな芸術性も専門家は賛辞を惜しまなかった。劇作家飯沢匡（1994年没）は「人形作りに航空工学のメカニズムを持ち込み、美術とからくりを融合

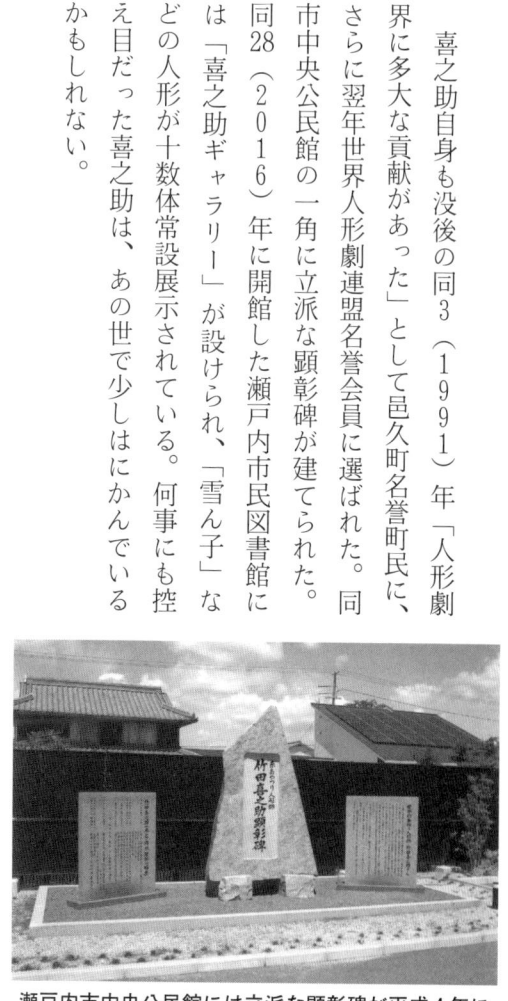

した精緻な人形が創造された」と絶賛。人形劇団主宰の川尻泰司（同年没）も「人形は造形美と構造的完璧さをあわせもった逸品」（いずれも竹田喜之助顕彰会編『喜之助人形』）と褒め、その根源は喜之助の学んだ航空工学とする。

喜之助の謙虚な人柄が人形に込められていると見る人もいる。評論家で「喜之助人形」名付け親の安藤鶴夫（1969年没）は生前「雪ん子のふう子には心が洗われる清純さがある。自慢や自分を売り出すことの嫌いな喜之助の人間性そのものだ」（同）と褒める。

喜之助師匠の思い出を語る
京都在住の飯室康一氏

京都で人形座「みのむし」を主宰する飯室康一氏（69）は喜之助の弟子。今回のフェスでも来岡、楽屋で直接人柄などを聞くことができた。「喜之助師匠のような素晴らしい方にお仕えしたことは、私の誇りです。その人柄は、言葉で表現できないほどおだやかで温か」「何も言わなくても、いるだけで光り輝く人でした。亡くなった今でも私たちの進む道を照らしているように思います」。身近に仕えた人だけが知る迫真の言葉だった。

来年は喜之助没後40年、喜之助フェスも30周年の節目の年を迎える。同フェスはすっかり地元に定着しているが、マンネリ化も否めない。喜之助は死去する2年前の昭和52（1977）年12月、邑久小学校で人形劇の「雪ん子」などを熱演、町民に感動を与えたことも今は語り草。喜之助の謙虚な人柄や国際的な活躍を知らない若い人も増えている。

平成21（2009）年に市が主催団体から退いて以後、予算的にも厳しいようだが、偉大な人形師竹田喜之助が地元だけでなく、岡山県全体、さらに日本から世界へと一層多くの人に理解される活動を期待したい。

映画『明治はるあき』

今年のフェスでは幻の映画「明治はるあき」も人気だった。明治百周年記念事業として博物館明治村（愛知県）が昭和61（１９８６）年に制作、一般の映画館では公開されなかった。監督五所平之助、俳優は１人も出演せず、動物、昆虫にいたるまですべて糸操り人形が演じる。喜之助が多数の人形を作り、中心メンバーであったことは言うまでもない。

映画は明治の半ば、奉公に出る少女と幼なじみの少年の淡い恋物語。ストーリは単純だが、懐かしい明治の街並みや風俗に加え、明治天皇をはじめ、西郷隆盛、夏目漱石、樋口一葉ら明治の著名人多数がそっくり人形で登場する。喜之助が写真を基に精魂込めて制作したものだ。「人形だけでなく着物にも全く手を抜かなかった」と喜之助の弟子で今なお活躍する鈴木友子さん（68）は解説する。人形のしぐさは時には人間以上の繊細な表現を見せ、軒先の子燕の巣立ち寸前のリアルさには仰天した。一見の価値がある映画だ。

（２０１７年9月20日、27日、10月4日）

50年ぶり
岡山市の姉妹都市・米サンノゼで見たもの感じたこと

今年（２０１７）４月下旬の３日間、姉妹都市縁組60周年記念「岡山市民サンノゼ親善訪問団」（団長大森雅夫岡山市長）の一員として同市を訪れた。両都市は教育、文化、スポーツなどの分野で交流は活発化しているが、岡山では全く語られないサンノゼの実情をもっと知りたくて参加した。

サンノゼ生まれのノーマン・ミネタ元米政府運輸長官（共同通信社提供）

ひとつは同市生まれの日系２世、元米政府運輸長官ノーマン・ヨシオ・ミネタ氏の功績。私事だが、サンノゼは50年前に米に２カ月滞在後、帰国直前に立ち寄り市長と面談した思い出の町でもある。ぎっしり詰まった親善スケジュールの合間、独自取材に走り回った。

サンノゼの誇り元運輸長官ノーマン・ミネタ氏

今なお畏敬されるミネタ氏

今回、サンノゼ滞在は3日間。歓迎パーティの席で、ジャパンタウン路上で、後楽園を模したケリーパーク観光中にも「ノーマン・ミネタ氏をどう思うか」と、サンノゼ市民に聞きまわった。

「グレート！　すごい人だ」「サンノゼの誇り。尊敬しているよ」「〝あの事件〟の混乱の中、立派な対応だった」。いくらかのお世辞はあるかもしれないが、市民のノーマン・ミネタ氏への畏敬の念は、現在もいっこうに衰えていなかった。

〝あの事件〟とは、２００１年9月11日全世界を震撼させたハイジャック民間機による同時多発テロ事件である。ミネタ氏はこの時ブッシュ政権の運輸長官。機敏で大胆な指揮を執り、その後の対応も極めて良識あるものと、存在感を一躍高めたことは記憶に新しい。

「ミネタの生家に行ったか？　えっまだだって？　すぐそこだ」とわざわざ案内してくれる親切な米人もいた。なんとその家は「サンノゼ日系人博物館」の隣、こぢんまりした瀟洒な平屋建てだ。ミネタ氏は現在ワシントン郊外に居住しており、むろん留守。門札はなかったが、庭の芝生はきれいに刈り込んであった。

9・11事件の沈着な指揮で絶賛

ミネタ氏は航空機によるテロ発生を知ると、ホワイ

ミネタ氏の留守宅。庭は手入れが行き届いていた

トハウス地下深くの PEOC（President's Emergency Operating Center 大統領緊急対応センター）に直行。ハワイ、グアムを含む米国内を飛行中の民間機4638機すべてに、近くの空港に緊急着陸命令を出し、2時間20分後には全機無事着陸、事なきをえた。米に飛来予定の飛行機はカナダに要請して同国内に変更させることにも成功した。この措置は2009年3月ミネタ氏がジョージア州で語り、広まったとされる。

飛行停止はビジネスや観光を大混乱させたが、この機敏な措置は内外から賞賛された。「飛行停止命令を無視して飛び続ける飛行機があれば、それは犯罪を企図していると判断してよく、すぐにその存在が分かる」からだ（『検証9・11とハイジャック・テロ』）。飛行停止措置は一部を除いて15日に解除された。これを機に、世論はテロ実行犯のアラブ諸国やイスラム教徒に厳しい目を向け、入国検査を特に厳重にせよとの声が起こった。だがミネ

サンノゼ空港はノーマン・ミネタ空港に改名された

タ氏は「人種差別につながる」と断固拒否、その良識は現在も高く評価されている。

ミネタ氏に敬意を表し、２００1年11月サンノゼ国際空港は「ノーマン・Y・ミネタ・サンノゼ国際空港」と改称された。「ニューヨークのジョン・F・ケネディ空港、パリのシャルル・ド・ゴール空港など国を代表する偉大な人物が空港名になる例は多い。日本にも高知龍馬空港がありますね。ミスターミネタはサンノゼの龍馬です」。サンノゼで知り合った日系3世Aさんは博識、絶妙のたとえで解説してくれた。

２０１7年4月27日、ハワイ・ホノルル空港も「ダニエル・K・イノウエ空港」と改名された。２０１2年12月17日に88歳で死去した日系2世、米上院議員を50年も務めたダニエル・イノウエを顕彰するためだ。イノウエはハワイ・ホノルル出身、ミネタ氏は米本土のカリフォルニア州サンノゼ出身、ともに米日系2世の代表的人物として知られる。

サンノゼ空港は２０１０年、A棟、B棟が横に並ぶ現在のような形に大規模改装され

故ダニエル・イノウエ上院議員。右は442連隊の将校時代（Japanese Eyes American Heart から転載）

たが、空港としては中規模。「サンノゼはサンフランシスコ（人口約87万人）よりも人口は15万人も多いが、空港を広げる余地はないのが残念。また空港は中心部から5キロ弱と近すぎるため、航空法により市内に高層ビルが建てられない」と贅沢な？悩みも聞いた。同空港へは成田から全日空直行便が毎日運行している。

ミネタ少年の強制収容所暮らし

ミネタ氏は1931年11月、米・サンノゼに生まれた。両親はともに静岡県出身。1941年12月、9歳の時太平洋戦争が始まり、家族ぐるみワイオミング州のハートマウンテン強制収容所での生活を余儀なくされた。この時、カリフォルニア州など米西部3州には日本人（1世）と日系2世（アメリカ生まれ、米国籍を持つ日本人）約12万人が居住していた。

米大統領ルーズベルトは翌1942年2月、「陸軍省は国家の安全に必要と認めた場合、軍事地域を指定して住民を立ち退かせることができる」とする大統領令9066号に署名。西部3州に居住の日系人は、〝敵性外国人〟として、国内10カ所に設けられた強制収容所へ移動を命じられ、苦難の生活が始まる。

ミネタ一家は旧競馬場の仮説小屋で一時集団生活をした後、ハートマウンテンに送られた。ミネタ少年は「父が涙を流すのを初めて見た。仕事、家、暮らしすべてを失って収容所に移るのがよほどつらかったのだろう」と、2015年5月産経新聞のインタビューで当時を回顧している。

ハートマウンテンは、荒野の真っただ中。冬には気温がマイナス20～30度に下がり、寒風が家の中に

日系人博物館は太平洋戦争中の1世、2世の苦難を語る品があふれる

吹きこんだ。多感な少年時代の数年間、この収容所で過ごした体験が、ミネタ氏を人類愛に目覚めさせ、不屈の正義感を育てる契機になったともいわれる。

米西部にいた日系人は、営々と築き上げた財産である田畑、家屋などを二束三文で買いたたかれ、わずかの荷物を手に無念の思いでふるさとを離れた。この大統領令はドイツ系、イタリア系外国人は除かれたため、戦後、人種差別と強く批判された。

輝かしい政治家歴

戦後、ミネタ氏はカリフォルニア大バークレー校ビジネススクールを卒業、米陸軍に入り情報将校として日本などに勤務。父の経営する保険会社を経て、１９６７年日系２世として初めてサンノゼ市会議員に当選、以後政治家としての階段を順調に上り始める。

１９７１年サンノゼ市長に当選、３年後には下院議員に。20年以上も同議員を務めた後、２０００年にはビル・クリントン政権の商務長官に就任した。いずれも「日系2世としては初めて」だった。２００１年にはブッシュ政権運輸長官として9・11テロ対応に剛腕を発揮、その名を全世界に知られた。

米政府が太平洋戦争中、日本人を強制収容したことに対する公式謝罪と賠償を定めた「市民自由法」成立にも尽力。現在は民間会社の副会長、ワシントン郊外に住む。大統領自由勲章（２００６年）や日本政府から旭日大綬章を受章した。「サンノゼ日系人博物館」の名誉会長でもある。

静岡新聞によると、ノーマン氏夫妻は２００９年3月、笹川平和財団の招きで8年ぶりに来日。父母の故郷の静岡県清水町や三島市も表敬訪問。いとこの峰田武三島市観光協会長らの案内で実家や祖先の墓参りなども行い、故郷で熱い歓迎を受けている。

（２０１７年6月14日、21日、28日）

追憶のサンノゼ

私がサンノゼを初めて訪れたのは50年前の1967年（昭和42年）8月末。ミネタ氏が初めて市会議員に当選した年であり、サンノゼと岡山市が姉妹都市縁組締結10年目の節目の年でもあった。米は2年前の1965年、ベトナム戦争で北爆を始めたものの戦況は一向に好転せず泥沼化、対策に苦慮していた時でもあった。

これより10年前の1957年5月26口、岡山市で午前10時からサンノゼとの都市縁組式典が岡山市公会堂で盛大に行われた。サンノゼからはジョン・B・マッセン助役、岡山市は田淵久市長ら政財界人らが出席、1500人の市民が見守った。サンノゼでも同時開催され、現地時間25日午後2時から市内のバラ園で調印式があり、岡山市長代理としてロサンゼルス在住の岡山市出身医師やサンフランシスコ総領事が出席した。

両市の都市縁組は、第2次大戦後アイゼンハワー大統領が提唱した"People to People"の交流を世界各国の都市間で進めるとの方針に基づく。1956年に広島アメリカ文化

サンノゼ市庁舎はハイテク都市を感じさせるデザイン。2005年秋新築

センターのアポル・フッイ館長が来岡、田淵市長にサンノゼとの縁組を打診した。双方資料交換などの後、翌年サンノゼのロバート・ドア市長から田淵市長にOKの申し入れがあり岡山市議会も同意、正式に縁組をした。国内3番目の縁組だった。

当初は、1955年12月の長崎市とセントポール（ミネソタ州）縁組に次いで2番目と発表されたが、仙台市が岡山市より4カ月前にリバーサイド（カリフォルニア州）と都市縁組していることが分かり3番目になった。

10年後の1967年、私は国際生活体験委員会（日本本部金沢）のプログラムに参加。米ニュージャージー州でホームステイ、さらにニューヨーク州立大夏期講座受講など米東部で2カ月過ごした後、帰国直前にサンノゼに立ち寄った。岡山出身の大学生2人も同行した。海外渡航が自由化されて3年目、私的訪問は珍しく大歓迎を受けた。

当時のサンノゼは、緑豊かなサンタクララ平原の田園都市。果樹園にはスモモのほか、クルミ、サクランボが豊かに実り、特にスモモの産出量世界一で知られていた。シリコンバレーにはIT企業の進出は始まっていたが、話題に上がるほどではなかったと記憶している。

JOSE NEWS

:ALIFORNIA, TUESDAY, AUGUST 29, 1967 15 Tues., Aug. 29,'67

Taking In Valley Sights

Lowell Pratt of Pacific Neighbors shows three young visitors from San Jose's sister city of Okayama a view of San Jose. From left are Pratt, Toshiomi Nozaki, Katsumi Akai and Sumiko Okamoto.

Warm Reception Pleases 'Sister City' Threesome

By JIM DICKEY
News Staff Writer

Three young visitors for the prettily-miniscule land of Japan stopped in San Jose Monday after a two-month tour of the more majestic type of beauty that is America, and said:

"We felt comfortable."

The comment was a tribute to the people of America who, they said, had welcomed them "warmely."

The visitors, 32-year-old newspaper reporter Katsumi Akai, Sumiko Okamoto, a 21-year-old college coed, and Toshiomi Nozaki, 22, also a college student, are from San Jose's sister city of Okayama.

"We just dropped in to say hello," said Miss Okamoto.

The trio, which left for home today from San Francisco, was part of a group of 80 Japanese young persons who toured this country under a program of The Experiment in International Living, a worldwide group.

Each of the Japanese, who were mostly students, spent three weeks in an American home. The remainder of the two months was spent on a $99 bus tour of the country.

The three who came here, because they felt "comfortable" in this large land, were impressed, but apparently not over-awed, by the size of this country. This ability to keep things in perspective was their personal quality that allowed them to see America's problems without magnifying them.

Akai, who lived with Americans not far from Newark, N. J., during the riots, said the experience was "very impressive for me . . . Racial problems are much more serious here than I thought."

The three were impressed, too, by America's "hippies."

Miss Okamoto said she admired the bearded characters because "they want to bring peace in the world."

But, she said, "I don't know why they wear dirty dress."

Nozaki, asked what he thought of the hippies, scratched his head and said, "How to explain? . . ."

He thought a while, and explained this way:

"I was disappointed (in the hippies) . . . I want to know their purpose and their hope . . . I can't understand them."

The visitors were greeted here by Mayor Ron James and given a tour of San Jose's highlights by Lowell Pratt of Pacific Neighbors.

50年前の1967年に岡山市の大学生２人とサンノゼを訪問した筆者（右から２人目）

市役所玄関で出迎えてくれた同市人事部長のマクレーさんは遠来の労をねぎらってくれながら「この7月にミネタ氏が初めて市会議員に選ばれた。またカリフォルニア州で日系人2人目の判事にカネモト氏が任命された」と日系2世の活躍をにこやかに伝えてくれたことを記憶している。私たち3人は市長室にも招き入れられ、ロナルド・ジェームス市長とも親しく懇談した後、ケリーパークなどに案内された。地元紙記者が米で過ごした2カ月やサンノゼの感想を取材、一面に写真入りで大きく取り上げてくれた。

1967年は1ドル360円の時代、ドルの持ち出しは厳しく規制されていた。この年の日本人の出国数はわずか16万人、外国にでかけること自体が極めて珍しい時だった。山陽新聞社でも民間人の渡航自由化後の3年間に欧米出張経験者は役員ら数人、ほとんどは近隣諸国へ短期間と聞いた。

私は当時32歳、販売局販売第一部の平社員に過ぎなかった。「難関の英検1級に合格、さらに国際生活体験委員会のリーダー試験にも合格したから大学生を引率してアメリカに2カ月行きたい」と上司に申し出た。役員会で「とんでもない」と一蹴されそうになった時、編集局政経部（当時）に異動させた上、米滞在を許可した当時の販売局、編集局関係者の勇断には今も感謝している。帰国後はアメリカの印象を山陽新聞に連載したが、アメリカの市民生活取材はまだ珍しい時代、関心をもって読まれたようだ。

太平洋横断の旅客機は往復とも日本航空のＤＣ―８。定員１４０人ぐらい？　通路両側に各４人の席、極めて窮屈だった。日付変更線を超えると、女性の機内アテンダント（当時はスチュワーデスと呼称）が振り袖姿に着替え、機長の署名入りの「英文の横断証明書」を全員に配布してくれる優雅な時代でもあった。

１９７０年ごろジャンボ機が導入されると、海外旅行ブームが起こった。80年代後半にはプラザ合意もあって円相場は１５０円台に急上昇、海外旅行はさらに身近なものになった。現在訪日外国人は２４００万人を超え、２０２０年東京五輪の年には４０００万人を目指すインバウンドの時代。50年前、姉妹都市サンノゼ訪問で胸をときめかせたことが遠い昔の夢のようだ。

◇本稿は『岡山人じゃが　２０１７』に寄稿したが、「追憶のサンノゼ」はラジオ放送しなかった。

京都・二条城二の丸大広間の謎

「大政奉還150年」で脚光を浴びる京都二条城（元離宮二条城）を、平成29（2017）年の新春早々十数年ぶりに訪れた。激動の歴史に思いをはせるよりも、一部でささやかれる同城の〝部屋間違い〟をわが目で確認したい、という野次馬的好奇心の方が強かった。

間違いされるものは①日本画家邨田《むらた》丹陵（1872〜1940）が描いた著名な「大政奉還の図」（東京・聖徳記念絵画館蔵）は、二の丸大広間でなく黒書院という疑問②慶長16（1611）年徳川家康は豊臣秀頼と面会したのは「遠侍の間」とされるが、これも部屋違いではないか―の2点である。

絵画で混同された「大広間」と「黒書院」

二条城は27万5000平方㍍（岡山県総合グラウンドの9割の広さ）の広大な敷地に、国宝、重要文化財の建造物28棟が並ぶ。二の丸御殿障壁画など重要文化財を1000点以上持ち、二の丸庭園は特別名勝。天守閣は落雷で焼失したが、城内全域は世界文化遺産と国指定史跡だ。

徳川家康は慶長8（1603）年、京都御所護衛の名目と上洛した際の宿泊所として二条城を築造。3代将軍家光は後水尾天皇の行幸を迎えるために、絢爛豪華な今日の二条城に改修した。狩野探幽の障壁画が二の丸御殿に描かれたのもこの時だ。

二条城の二の丸御殿唐門。平成25年の修復で往時の豪華な姿によみがえった

慶応3（1867）年10月13日、15代将軍徳川慶喜は二の丸御殿大広間で諸大名に大政奉還を表明。翌日朝廷に政権返上を申し出、15日勅許が下り約260年続いた幕府政治に終止符を打ったことは知られる。この歴史的大転換の一瞬を1枚の絵画に凝縮したのが、邨田丹陵の「大政奉還の図」（昭和10年）だが、部屋が間違っているとささやかれる。

図録や日本史教科書には、慶喜が大広間中央の上段に座り、諸藩の重役多数が下段で深々と頭を下げているなじみの絵画。下段右脇に控えるのは老中板倉勝静（備中松山藩主）と若年寄格永井尚志《なおゆき》、左の3人は越前藩主松平春嶽、元尾張藩主徳川慶勝、紀州藩主徳川茂承《もちつぐ》とされる。

二の丸大広間なら慶喜の背後と左右には探幽の堂々たる巨松の障壁画が並ぶはずだが、背後の松は小ぶり、左右には満開の桜が咲き誇る。大広間でなく隣の黒書院といわれるゆえんだ。黒書院は将軍に近い御三家大名や公家らとの対面に使われ、大広間よりかなり小さい部屋。なぜ丹陵は間違えたのか。

まず二の丸御殿大広間の廊下で立ち止まった。部屋に並べていた慶喜や諸大名の人形は、きれいに取り払われていたのにびっくり。絵画の間違いもわが目で確認した。案内スタッフは「大政奉還は大広間で表明されたことは事実。なぜ黒書院が描かれたのかは分からない」と当惑気味。質問が出ない限り特に説明はしないそうだ。この後、黒書院に案内され、丹陵の間違いを確認した。

家康と秀頼はどの部屋で会見したか

慶長8（1603）年2月、関ヶ原の戦いに勝利した徳川家康は征夷大将軍に任命され、天下を手中にした。2年後には嫡子秀忠に将軍職を譲り、徳川体制の確立を世間に印象づけた。だが大坂城には秀頼、西日本各地には秀吉恩顧の諸大名が健在で、決して安穏な日々ではなかった。

家康は同16（1611）年3月駿府から上洛、二条城で秀頼に会いたいと要請した。

秀頼の母淀君は「家康が大坂城に来るべき」と憤慨、拒否したが、折衝の末、同月27日二条城で面会することになった。「二条城会見」である。家康69歳、秀頼は17歳で孫娘千姫の婿でもあった。

二の丸御殿の外観。部屋数は33室、狩野派の障壁画が内部を飾る

淀川両岸を豊臣方の兵が厳重に警護する中、秀頼は船で京都を目指した。二条城では家康の丁重な出迎えを受け、約2時間の和やかな懇談だったと伝わるが、この会見場所が「遠侍の間」といわれてきた。初めて訪れたとき、そのように説明を受け説明板にも書いてあったが、「賓客との会見が玄関先の遠侍の間？」の違和感はあった。

遠侍の間は「一の間」「二の間」「三の間」などがあるが、いずれも来客控えの部屋。襖や壁に描かれている虎は、威圧するようなポーズだ。今回、「遠侍の間」に行くと、家康と秀頼会見の記述は説明板から消えていた。

スタッフに尋ねると「以前はそのように説明したが、疑問視する声が強く削除した。今は二条城会見がどの部屋だったか分からないと答える」との返事。常識的に考えると、大政奉還を表明した大広間と思えるが、確証がないそうだ。

二条城会見と加藤清正

家康はこの二条城会見で老いた自分と、はつらつとした好青年の秀頼を比較、豊臣打倒を決意したとの説が広く流布されている。昨年の大河ドラマ「真田丸」もこの伝承に沿っていた。上座の家康（内野聖陽）は座ったままで秀頼（中川大志）を迎え、「征夷大将軍を務めた自分の方が上」を誇示。お伴の加藤清正（新井浩文）には「下がれ」と命じた。すると清正は家康にくるりと背を向け、秀頼の斜め後に座り「命じられた通りにした、わが主君は秀頼様」と当てつけのポーズ。三谷幸喜の脚本のうまさに感服したが、むろんフィクションだ。

秀頼は堂々と「豊臣の秀頼である」と名乗ると、家康は思わず「ご無沙汰いたしております」と頭を下げた。秀頼退出後、家康腹心の本多正信（近藤正臣）のセリフが心憎い。「豊臣家も運がない。秀頼が凡庸な2代目であれば、どこかで生き延びられたものを」と問わず語りの独り言。老い先短い家康が豊臣打倒を決意したことを暗示する。

この会見に同席した加藤清正は、しばらく大坂に滞在。同年5月15日熊本城に帰った後病気で倒れ、6月26日に死去した。突然の死は「家康に一服盛られた」と毒殺説がささやかれ、イエズス会宣教師は本国への報告書にも記述しているという。「真田丸」では、忍者二代目服部半蔵が清正の首筋を毒薬を塗った針で刺したため、発病したという設定だった。

寛永3年小堀遠州が後水尾天皇行幸のために改修した特別名勝の二の丸庭園

清正の地元熊本ではこれらの伝承は全く信じられていない。清正の発病は、言語が不自由になったことなどから脳内疾患説が有力。熊本に帰る船中での発病や、家康との会見の際、万一の場合には刺し違える覚悟で懐に短刀を忍ばせていたなどの説も否定的だ。

熊本日日新聞社編『加藤清正の生涯』（2013年）は、清正の生涯を地元の研究者が古文書などに基づいて分担執筆した力作。二条城会見は細川家文書に残っており、これを基に会見に同席したのは豊臣方の清正と浅野幸長、徳川方は藤堂高虎と池田輝政の大名4人と記述する。

また家康の子息の義直（のち尾張徳川初代）、頼宣（同紀州徳川初代）が淀城まで秀頼を出迎え、見送りにも同行した。この時、清正、幸長の娘は、家康の子息2人とそれぞれ婚約しており、徳川の身内でもあった。熊本県立美術館の山田貴司主任学芸員は「清正には豊臣、徳川を仲介する役割を求められていたことは明白」と〝忠臣清正〟を強調する。

（2017年4月5日、12日、19日）

Ⅲ　岡山のうちそとを歩く

文化勲章受章者東山魁夷の「道」と瀬戸大橋

10月半ば、上京の合間に東京・板橋の東京国立近代美術館を訪れた。日本画家東山魁夷（1908〜1999）の代表作「道」を含む同館所蔵の東山作品17点すべてが展示中（2017・9・12〜11・5）、写真撮影もOKと知ったからだ。同画伯は昭和を代表する日本画家で文化勲章受章者。清澄感が漂う「道」を観たかった。画伯は瀬戸大橋にも縁がある。

風景画家としての評価を確立した「道」

同館4階展示室の最も目立つところに「道」はあった。青森県八戸市の種差海岸近く、夏草の茂る中どこまでも続く一本道。よく見ると砂利やわだちの跡が丁寧に描きこまれており、先は右に曲がっているのがうっすらと識別できる。日の出前か、空はほんのりと明るい。心が洗われるような清らかさが画面に漂う。

この作品は昭和25（1950）年第6回日展に出品され、風景画家としての評価を確立した。画伯は戦前にもここを訪れ、スケッチを発表しているが、再訪時に、温めていた心の内面を一気に描いたといわれる。前作に描かれた灯台、牧場などはそぎ落とされ、ひたすら一本の道に集約した。自身も思い入れが大きいのか、この時のことをたびたび語っている。

清澄感が漂う「道」は子どもたちにも人気

「十数年前の道は荒れてはいるが、昔のままの姿を見せ、向こうの丘へと続いていた」

のを目にして「来てよかった」と思わず叫ぶ。「夏の朝早い空気の中に、静かに息づくような画面にしたいと思った。この作品の象徴する世界は私にとっても、遍歴の果てでもあり、また、新しく始まる道でもあった。それは、絶望と希望を織りまぜてはるかに続く一筋の道であった」（『私の履歴書』）と、熱い思いを披露している。

自著『風景との対話』（1967年）では、「過去への郷愁に牽かれながらも、未来へと歩み出そうとした心の状態、これから歩もうとする道として描いた」と振り返り、「絵画的造型への意欲が現れてきている」と〝心の道〟として描いたことを打ち明けている。

館内には東山画伯が北欧旅行の印象を描いた「冬華」の左右に、杉山寧、高山辰雄両画伯の同じ画題「穹《きゅう》」が並んでいた。「冬華」は霧氷に覆われた樹木の上に太陽がかすむ。杉山の「穹」は月光にスフィンクスを浮かび

昭和39年の日展を再現した東山画伯ら巨匠３人の絵画

上がらせるが月は見えない。高山の作は夜空に輝く月が主役。昭和39（1964）年の日展に出品した3画伯の展示を再現したユニークな趣向だが、入館者は興味深く鑑賞していた。

東山画伯と瀬戸大橋

東山画伯は瀬戸大橋ともゆかりがある。来年（2018年）春、開業30周年を迎える瀬戸大橋のライトグレーの色は、白砂青松の瀬戸内海の自然に溶け込んだ素晴らしい色だが、同画伯のアドバイスで決定した。

昭和53（1978）年秋、環境庁、文化庁は瀬戸大橋着工認可にあたり、「橋の色彩は景観に調和すること」という条件をつけた。本州四国連絡橋公団（現JB本四高速）は、季節ごとの写真に橋の完成予想図を組み合わせてふさわしい色の選定を試み、学識経験者の意見も聞いた。画伯は自然環境保全審議会委員として名前を連ねていた。

瀬戸大橋のライトグレーは東山魁夷画伯が推奨した（山陽新聞社提供）

500色の中からライトグレー、ライトブルーなど3色に絞られ、画伯は現在のライトグレーを推薦したといわれる。理由は①背景となじむ②橋下部のコンクリートの色とも合う③退色しにくい④他ルートの大三島橋、大鳴門橋で好評―などが理由だった（『ドキュメント瀬戸大橋』）。

画伯の祖父は倉敷市下津井の目前櫃石島（坂出市）の出身。橋への思い入れもひとしおだったと思われる。また同市沙弥島には平成17（2005）年4月に開館した「香川県立東山魁夷せとうち美術館」がある。没後遺族が版画270点を寄贈したことがきっかけだ。

同11（1999）年7月から岡山県立美術館（岡山市天神町）で開催された「永遠の祈り　東山魁夷展」（山陽新聞社創刊120周年事業）は、同年5月死去した画伯の初の遺作展になった。唐招提寺障壁画「山雲」が大阪以西では初めて展示されたほか、代表作70点が観客を魅了した。10万4800人が入場、同館が昭和63（1988）年開館以来の最高の数字を記録した。

苦労を重ねた前半生

画伯は横浜市の生まれ、3歳の時父の仕事の関係で神戸市に転居した。兵庫県立第二神戸中学（現兵庫高校）から東京美術学校（現東京藝術大学）日本画科に進んだ。在学中の昭和4（1929）年、第10回帝展に「山国の秋」を初めて出品し入選、将来を嘱望された。

美術学校卒業後はドイツに留学、帰国後の同15（1940）年結婚。終戦直前の同20（1945）年7月37歳の時、召集令状が届き熊本市の迫撃砲連隊に入隊した。「たこつぼ陣地を掘り爆弾を抱えて戦車に体当たりする練習にあけくれたが、まもなく終戦、命拾いをした」（『私の履歴書』）と当時を振り返る。

家族が疎開していた山梨県で過ごした後、千葉県市川市に移住するが、このころ母と弟が相次いで死去。今後のことについてはめどが立たず、途方に暮れる日々だった。「私の喜びを一番親身になって喜び、私の悲しみを最も深く悲しんでくれる肉親は一人もいなくなった」と嘆いている。

転機になったのは、同22（1947）年第3回日展に出品し特賞になった「残照」。「喜びと悲しみを経た果てに見出した心のやすらぎというべき作品」と回顧する。文部省に買い上げられたのち、同28（1953）年東京国立近代美術館に移管された。同25（1950）年の「道」で風景画家としての地位を確立したことはすでに述べた。

ちょうど日本は終戦後の混乱から立ち直り始めて

近現代美術の常設展示で人気の東京国立近代美術館
＝東京・北の丸公園

いた時であり、この「道」は多くの人々の心をとらえた。以後、平明な作風に深い精神性を秘めた画風は国民的画家として人気を集めた。北欧、ドイツ、オーストリア、中国など海外取材にも力を入れた。

東宮御所（1960年）、皇居宮殿（1970年）の障壁画は評価を一層高めた。同44（1969）年11月文化勲章受章、文化功労者にも選ばれた。この年に東京国立近代美術館は京橋から竹橋に移転、画伯は代表作「道」を含む15点と、皇居新宮殿の壁画「朝明けの潮」のスケッチ、下絵多数を寄贈した。

同50（1975）年5月、10年の歳月をかけた奈良・唐招提寺の障壁画「山雲」「濤声」が完成、翌月御影堂に奉納された。同55（1980）年同寺に納める第2期障壁画が完成。翌年には鑑真和上の厨子絵「瑞光」を奉納、10年にわたる唐招提寺全障壁画を完成、不朽の名作と賞賛される。平成11（1999）年5月6日死去、90歳だった。

（2017年11月22日、29日、12月6日）

仮想空間で見る屋嶋城を鬼ノ城と比較する

秋晴れの一日、高松市屋島東町の古代山城・屋嶋城《やしまのき》跡を訪れた。同市教育委員会が20年近く発掘、修復に取り組み、昨年（２０１６）３月城壁などを一般公開した。メインの城門は考古学資料不足のため復元されなかったが、スマホなどでバーチャル空間が再現できると知り、かえって興味がわき足を運んだ。同時期に築造され観光スポットとして人気の鬼ノ城（総社市奥坂）にも後日登った。鬼ノ城は何度か訪れているが、改めて屋嶋城と比較、検討したかった。

屋嶋城のバーチャル空間

屋嶋城は、倭（日本）が朝鮮半島南部沖の白村江の戦い（663年）で唐、新羅の連合軍に敗れたため、敵の侵攻に備え九州北部から瀬戸内沿岸に築いた古代山城の一つ。『日本書紀』は天智天皇6（667）年11月、金田城（対馬）、高安城（大和）とともに築かれたと記述するが、長い間その詳細が分からず、〝幻の城〟とされてきた。

昭和55（1980）年屋島の中西部、標高100㍍の浦生《うろ》地区で石塁が見つかったが、十分解明できなかった。平成10（1998）年に高松市在住の歴史研究家が樹木生い茂る山頂近くで、高さ5㍍の城壁遺構を発見。これを機に同市教委や専門家が本格調査を開始、同14（2002）年に城門跡を発見し屋嶋

バーチャル空間に出現した屋嶋城城門（左）と実際の城門（右）

城の存在が明らかになった。

標高約200㍍のテーブル状の山頂（メサ地形）の断崖を防壁とした特異な山城。外周約7㌔のうち人工の城壁は1割程度、正門周辺のほか谷や断崖の途切れる部分に石を積み重ねた城壁が築かれた。築城には百済出身の技術者がかかわったことも判明した。

今回公開された正門城壁は山頂の最南端にあり、高さ6～7㍍、長さ45㍍の威圧感のある堂々とした石壁。「茶色の石は旧来の石、黒っぽい石は補修品」（ボランティアガイド十河節子さん）と教えられた。敵の侵入を防ぐ懸門構造で2・5㍍の段差を設け、ふだんははしごで出入りする。近くには防御施設の甕城《おうじょう》もある。

この城壁でバーチャル体験したくて駆け付けた。「スマホのQRコードをダウンロードすれば、現場でたちどころに古代山城が見える」と教えられていた。だが何回試みてもうまくゆかない。帰宅後、関係者に聞きまわると、どうやら私のスマホは Google 対応をしていないことが分かった。

早速新型に買い替え日を改めて再挑戦した。修復された城壁正面に立ち、中央の凹形になった石垣にダウンロード済みのスマホを恐る恐るかざした。堂々とした城門が出現するはずだが、またもや全く映らない。何回試みてもダメだった。右に移動しスマホを向けると、〝出たッ〟！　一瞬のうちにヒノキ造りらしい立派な城門が出現した。

まさに古代にタイムスリップ。このバーチャル空間をさまざまな角度からスマホに取り込んだ。後方からも撮影できた。「住宅地になっている市街は古代の高松湾になって現れる」とのことだったが、これは再現できなかった。習熟度によってばらつきがあるのか。

スマホやタブレットで遺跡の拡張現実（AR）や仮想空間などを楽しむバーチャル再現は、難波宮（大阪市）、長岡宮（京都府向日市）が先輩格。讃岐高松城跡もバーチャル観光できるという。同市文化財課の渡邊誠氏は「屋嶋城の場合、考古学上の史料不備から文化庁が許可しなかった。城門の柱穴や門道の構造は明らかなので、仮想空間として再現した」と打ち明ける。岡山県下にはまだお目見えしていないが、今後の遺跡観光を示唆する有力案と思える。

古代山城の総社・鬼ノ城

古代山城といえば、岡山県では鬼ノ城（総社市奥坂）が知られる。標高400㍍の鬼城山の8〜9合目を鉢巻状に城壁が取り囲み、その長さは約2・8㌔。屋嶋城と異なり、鬼ノ城は城壁の下に基礎石を敷き、その上に版築工法で突き固めた土塁が延々と続く。現在は一部が修復ずみ。

屋嶋城との大きな違いは、鬼ノ城は『日本書紀』など古代史書に築城の記述がないことだ。史書などに載る城跡は12カ所発掘されているが、鬼ノ城のような記載のな

鬼ノ城は史書に記載がなく、長い間謎の城とされてきた

い遺跡は西日本一帯に16カ所確認されている。「誰が、いつ、何のために造ったのか?」の論争が長く続いた。

学会では史書に記載のない遺跡を「神籠石《こうごいし》遺跡」(神域を示す石)と呼び、文献に載る朝鮮式古代山城と区別していたが、現在では古代山城で両者を統一している。鬼ノ城も白村江敗戦に伴う防御施設とされ、建造時期は7世紀後半から8世紀初頭と推定されている。屋嶋城は城としての寿命は極めて短かったようだが、鬼ノ城は不要になった後も、しばらく倉庫として利用されたという説もある。

鬼ノ城城壁を囲む版築土塁は一部復元されている

鬼ノ城がクローズアップされたのは昭和46(1971)年、ノートルダム清心女子大高橋護教授(当時)が前年の山火事後に露出した石垣や敷石などを調査、古代山城跡であると発表した。2年後には調査団が組織され、城壁跡や水門、城門各3カ所が発見された。現在は水門6カ所、城門4カ所が発掘されており、考古学上の重要性が再認識された。

同61（1986）年に国史跡指定。城内面積30㌶は公有化して岡山県教委が調査、築城時の作業所か兵士の駐屯地、さらに鍛冶遺構などを発見、平成8（1996）年には古代山城では初めての角楼跡（防御施設の一種）も発掘、鬼ノ城遺跡は全国的に知られるようになった。

城壁の内外両側に敷きつめられた石は鬼ノ城独特の遺構

屋嶋城と鬼ノ城

屋嶋城は復元され城門遺跡のほかにも浦生石塁、北斜面土塁、水門などあるが、これらは訪れる人は少ない。屋島寺の地下には築城当時の建造物遺跡が埋まっていると推定されるが、現状では調査不可能だ。最初に発見された浦生石塁は山頂からの道はなく、西海岸からの山道を登る。西尾根展望台から見る城門の遠望では、屋嶋城の全体像は理解できない。

屋島は瀬戸内国立公園（昭和9年指定）の一角にあり、山頂からの眺望は抜群。さらに源平合戦の古戦場跡、四国霊場84番札所の屋島寺、山頂にある水族館など観光施設は多彩。昭和47（1972）年には246万人もの観光客が押し掛けた記録もある。近年は50万人台を維持しているが、屋嶋城を観光活性化にいかに生かすかも大きな課題だ。今年（2017）7月には屋島ドライブウェイが無料化され、またJR屋島駅から琴電屋島駅経由でシャトルバスも運行（100円）されるなどアクセスは良い。

総社・鬼ノ城は平成16（2004）年3月、西門や角楼が復元された。西門は柱の太さや埋め込まれた深さから3階建てと推定した。屋根は立派だが「あったという確証がない」と関係者間で白熱の議論があった。今では観光客の人気スポットとして定着している。1周には2時間弱かかるが挑戦する健脚者は多い。

途中の砂川公園（総社市黒尾）から約3キロは車のすれ違いに苦労するほど狭いが、年間5万人が訪れる。ほとんどの人がビジターセンターを訪れた後、西門からの眺望を堪能する。眼下には肥沃な総社平野が広がり、好天の日は屋島も見える。岡山が全国に誇る古代山城、桃太郎伝説なども生かして、もっと観光活性化に生かす策はないものか、と思う。

（2017年11月1日、8日、15日）

江戸時代　厳冬のシベリアを往復、10年がかりで帰国した伊勢の船頭大黒屋光太夫

伊勢・亀山の船頭大黒屋光太夫（１７５１〜１８２８）に興味を持つようになって久しい。かつてむさぼるように読んだ井上靖の名著『おろしや国酔夢譚《すいむたん》』や、吉村昭の力作『大黒屋光太夫』、司馬遼太郎の歴史随想『ロシアについて』などの強烈な印象がいまだに脳裏から消えない。今年（２０１７）7月「バイカル湖とイルクーツク観光ツアー」（山陽新聞旅行社主催）に便乗、光太夫が2年余滞在したシベリア・イルクーツクでその足跡を探した。

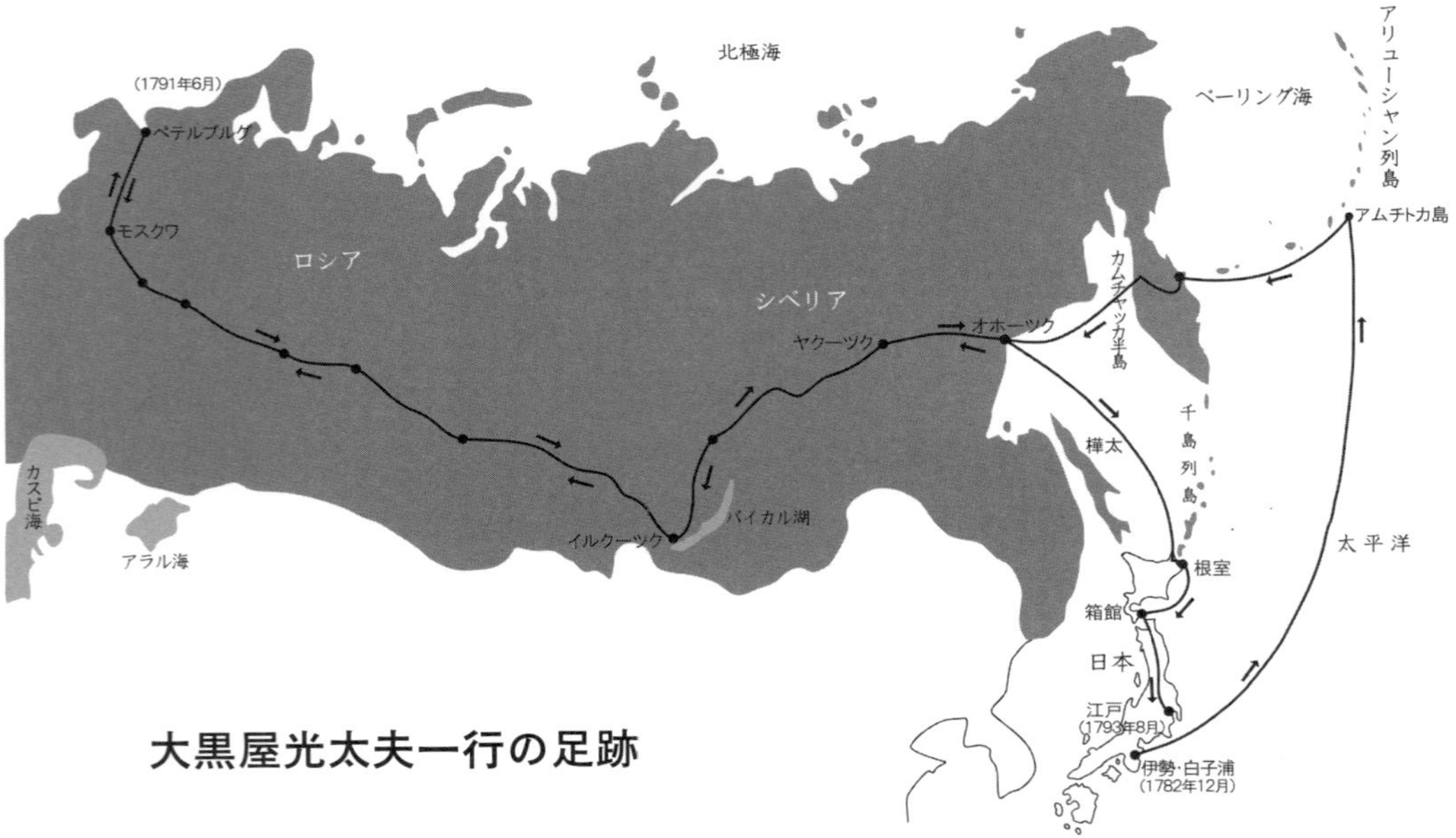

大黒屋光太夫一行の足跡

遭難から帰国まで苦難の10年

光太夫は伊勢・亀山藩若松村（現鈴鹿市若松東）生まれ、江戸時代の天明2（1783）年12月、「神昌丸」（乗員16人）に紀州藩年貢米などを満載、伊勢・白子港（鈴鹿市白子町）から江戸を目指したが遭難、漂流先のロシア領を転々とし、帰国までの10年間、言語に絶する苦難をなめた。

出航翌日に遠州灘で突如暴風雨に巻き込まれた。舵が折れ沈没を免れるため上荷を捨て、帆柱も切ったが、船は北へ北へと流され続けた。8カ月後アリューシャン列島のアムチトカ島（太平洋戦争時〝玉砕の島〟で知られるアッツ島の近く）に漂着した。

同島にはわずかの住民のほかにロシアの毛皮商人が滞在、迎えの船を待っていた。だが2年後にやって来た船は眼前で座礁した。光太夫は船の建造を決意、日ロ共同で流木を集めて4年後の1787年7月カムチャッカ半島目指して脱出した。1カ月後には同半島東岸に到着したが、この時までに乗員8人が極寒や飢餓のため死亡した。

同半島で漂流民の帰国許可はシベリア・イルクーツク総督の権限であると教わり、さらに同半島を横断。オホーツク海を渡って厳寒の4000キロをイルクーツク目指して移動、1789年2月到着したが、生存者はさらに減少、光太夫ほか5人になっていた。

イルクーツクはシベリア第一の都市、人口は1万人を超えていた。しかし帰国にはエカテリーナ女帝の許可が必要と分かり、生存者を残してここで知り合った博物学者キリル・ラクスマン（日本に来訪したアダム・ラクスマンの父）と、1791年1月6200キロ離れた首都ペテルブルグへ出発した。

〝シベリアのパリ〟・イルクーツクは河畔に寺院や教会が続く

同年6月28日、光太夫は首都から二十数キロ離れた〝夏の宮殿〟に出向き、ロシアの正装に着かえて女帝に拝謁。流ちょうなロシア語でこれまでの苦労を語ると、女帝は「ベドミャーシカ」（なんとかわいそうに）と涙ぐんだという。このくだりは光太夫苦難10年の最大の山場だ。謁見の間は絢爛豪華な装飾で飾り立てられ、今は観光客にも開放されている。私も十数年前この部屋で光太夫に思いをはせたことがある。

やっと帰国の途に

女帝から帰国許可をもらった後、光太夫はモスクワや周辺を視察。イルクーツクに戻ったのは翌年1月23日。生存者は1人減り4人になっていたが、うち2人は病気などで残留を決意、光太夫は同郷の小市、磯吉とともに8月オホーツク港へ向け帰国の途につい

大黒屋光太夫がエカテリーナ女帝に帰国許可をもらったペテルブルグの夏の離宮＝2003年撮影

た。光太夫はイルクーツクに通算2年半滞在した。

寛政4（1792）年10月、光太夫ら日本人3人とロシアの使節ラクスマンら四十数人を乗せた「エカテリーナ号」は根室沖に到着、通商を正式に要求した。米提督ペリーの来航61年前のことである。ラクスマンは幕府と3回にわたって会談したが、幕府は鎖国を理由にかたくなに通商要求を拒否。長崎入港許可書を渡して翌年7月帰国させた。光太夫、磯吉は10年ぶりに日本の土を踏んだが、小市は根室で死去した。

光太夫らを日本に連れ帰ったアダム・ラクスマン。父とともに日本人漂流民の面倒をみた

2人は江戸で幕府の取り調べを受け、さらに将軍家斉、老中松平定信らにはロシアの正装で拝謁した。以後番町薬草植場（現九段南2丁目、インド大使館付近と推定される）で暮らしたが、ロシア事情に精通した知識人として蘭学者に重宝がられ交流を続けた。2人ともふるさとへの一時帰郷も許された。桂川甫周が光太夫の体験を聞き取った『北槎聞略《ほくさぶんりゃく》』は有名。文政11（1828）年4月江戸で死去した。78歳。

余談だが淡路島生まれ、根室を拠点に北方四島周辺で活躍していた廻船業、豪商高田屋嘉平衛がクナシリ島沖でロシア軍艦に捕らわれたのは文化9（1812）年8月。翌年5月にロシア側は嘉平衛を連れて幕府が2年前に逮捕したロシア軍艦艦長ゴローニンの釈放を要求してクナシリに来島。嘉平衛の仲介によって、ゴローニンとの同時釈放に成功する。この時には光太夫はまだ健在、たびたび意見を求められた（吉村昭著『大黒屋光太夫』）。

〝シベリアの真珠〟イルクーツク

現在のイルクーツクはハバロフスク、ウラジオストクと並ぶシベリアの中心都市。人口62万人余、バイカル湖観光の拠点でもある。ソウル・インチョン空港からモンゴル首都ウランバートルの東を飛び、3時間余で着いた。現地時間で午後9時過ぎ、乗ってきたＫＡＬの機体が夕日に赤く染まっていた。日本との時差マイナス１時間だが、緯度の関係で日没が極端に遅い。

「イルクーツクはロシアの最南端ですが、北緯52度です。あと１時間しないと暗くならないよ」と出迎えた女性ガイドのナースチャさん。彼女は10年前、イルクーツクの姉妹都市金沢市に留学経験があり、日本語は流暢。北緯50度は太平洋戦争終結までサハリンを南北に分断していた日ソ国境線の緯度。さいはての地に降り立ったことを実感した。

この町は１６５２年、コサック兵がテンなどの毛皮を取るために宿営したのが始まり。１８５２年には専制政府に反抗した青年貴族の流刑地となったが、首都ペテルブルグの文化や芸術も持ち込まれた。２０１１年のイルクーツク誕生３５０年を機に、公園や遊歩道が一段と整備され、「シベリアの真珠」「シベリアのパリ」と呼ばれる観光都市に変貌した。

美しい町並みに点在する古いロシア正教会めぐりは定番の観光コース。市中心部にある国定記念物のスパスカヤ教会（建立1710年）、同ボゴヤブレーニエ教会（1693年）を始め、ズメナンスキー女子修道院（1679年）などを巡った。いずれも外観は修復され、内部にはまばゆいばかりのフレスコ画やイコンがずらりと並ぶ。ロシア正教会の大主教座がおかれたこの地は、絢爛の中に荘厳さを秘めた教会群がよく似合う。

イルクーツクの中の日本

日ロ友好の先覚者大黒屋光太夫を顕彰する露日友好記念碑

最も訪れたかったのは「露日友好記念碑」。平成6（1994）年、大黒屋光太夫を顕彰するために、イルクーツクと三重県鈴鹿市が建立した。高さ約3㍍の石柱の前に、1㍍大の大きな石の卵が転がる。数奇な運命に翻弄されながら、日ロ交流の先覚者になった光太夫とロシア関係者の友情の象徴と聞いた。

この碑は「金沢通り」の近くにあるが、この通りも今や観光客のカメラスポット。イルクーツクの姉妹都市金沢・兼六園の琴柱《ことじ》灯篭を模した石灯篭が遊歩道にはみ出すようにあった。観光客は必ずといってよいほど写真を撮る。光太夫が2年余過ごした住居跡や、ここに残留して日本語を教えた神昌丸乗員2人の墓地が『おろしや国酔夢譚』に載っているが、捜す時間がなかった。

太平洋戦争終結後の〝シベリア抑留〟の悲劇は、この地にもあった。イルクーツク周辺にもいくつかの強制収容所があり、日本人墓地も十数カ所という。70㌔離れたバイカル湖畔の墓地に詣でた。湖を見下ろす風光明媚な丘の大きな墓碑に「リストビヤンカ日本人墓地」の文字、ロシア語も併記してあった。まわりに日本人60人余の氏名がカタカナで記された石柱が並ぶ。極寒と飢餓と重労働に苛まれながらこの地で亡くなった同胞の無念を思う。

イルクーツク・金沢通りにある兼六園の琴柱灯篭は観光客のカメラスポット

ロシア革命後の大正7（1918）年8月、英、仏、米、日の4カ国は革命政権の誕生を憂慮、チェコ兵の救出を名目にシベリアに出兵し、反革命軍を支援した。「シベリア出兵」である。欧米各国は反革命軍の崩壊によりいち早く撤兵したが、日本は7万人もの陸軍を派遣して同11（1922）年10月まで滞在した。世界中の非難を浴びやっと撤兵したが、日本では教科書に数行載る程度。「イルクーツクでもこの史実を知る人は少ない」とナースチャンさん。

バイカル湖畔の抑留日本人墓地

帝政ロシア時代黒海艦隊司令長官を務め、シベリアに一時反革命政権を樹立したアレクサンドル・コルチャークの銅像（2004建立）を見つけたのは全くの偶然、ズメナンスキー女子修道院近くにあった。日本は同政権をいち早く承認したが、コルチャークは1920年1月革命軍に捕らえられ、翌月イルクーツクで銃殺された。このころ日本陸軍本庄繁大佐率いる一隊は市内に駐屯していたが傍観、その後撤退した（麻田雅文著『シベリア出兵』）。日本でもこのことはほとんど知られていない。

（2017年8月23日、30日、9月6日）

大黒屋光太夫ゆかりの三重・鈴鹿市を訪ねる

「バイカル湖とイルクーック観光ツアー」は5日の日程のうち、往復にそれぞれ1日費やした。バイカル湖観光2日、イルクーックには1日しか滞在できなかった。光太夫をもっと知りたくて帰国後、生誕地の鈴鹿市若松中の「大黒屋光太夫記念館」などゆかりの地を訪ねた。

船出した鈴鹿・白子港と井上靖

近鉄難波駅から名古屋行特急で白子駅まで1時間45分、鈴鹿市白子は意外に近かった。人口20万人、市役所など行政機関は旧城下町の神戸《かんべ》地区に集中、白子駅周辺はかつて伊勢参り宿場町、港町としてにぎわった。

白子港の歴史は長く、平安時代は伊勢平氏の根拠地。本能寺の変の際、堺にいた徳川家康は必死の思いで山越えし、ここから三河に脱出したと伝わる（隣の若松や四日市説もある）。昭和12（1937）年には鈴鹿海軍航空隊が設置され、軍港としての役割も担ったが、最近では駅前一帯の都市化が進んでいる。

近くの新港緑地公園にまず足を運んだ。同駅東の海岸沿い、徒歩10分弱。平成4（1992）年鈴鹿市制50周年記念に建立された井上靖の文学碑と光太夫のモニュメントを見たかった。この1年前に来日したゴルバチョフ・ロシア大統領（当時）が宮中晩さん会で「コダユウは日ロ友好の先駆者」とスピーチしたが、出席者の多くは「コダユウ」について知らなかったといわれる。

光太夫が出航した伊勢白子の港は整備され、当時の面影はなかった

「大黒屋光太夫・讃」と名付けられた横長の巨大な石碑は、海を望む一角にあった。井上靖が光太夫に込めた万感の思いが短文の一節、一節から伝わってきた。「白子浦を起点とし、終点として」「日本とロシアを、江戸とレニングラードを、鈴鹿とイルクーツクを」「十年の歳月かけて結んだ」と事績を簡潔に記述。石のモニュメント「刻《とき》の記念碑」は10個の石が光太夫の苦節10年を象徴する。

白子港に立つ光太夫顕彰碑（左）。井上靖の思いが込められている

230年以上前の天明2（1782）年、光太夫が出航した白子港はこの新港公園のすぐ近くだ。沖に長く伸びる防波堤に囲まれた港内には漁船やプレジャーボートが船体を静かに休め、その先には無限の水平線が広がる。それは井上靖が「讃」で「蒼穹の下に、美しく波たち騒ぐ、白い波頭の絨毯を大きく広げていた」と描いた光太夫出航時の光景とそっ

くりに思えた。

吉村昭の小説『大黒屋光太夫』では、里帰りを許されてこの海岸に立った光太夫は、「不意に嗚咽が突き上げ、道端にしゃがみ込んで顔をおおい、肩をふるわせて泣いた」。帰郷できたのは光太夫と磯吉だけ。イルクーツクに残った2人の消息も分からない。万感胸に迫るものがあったのだろう。

光太夫生誕地の記念館

近鉄白子駅から名古屋より二つ目の「伊勢若松駅」から南1キロ、「大黒屋光太夫記念館」も訪れた。平成17（2005）年11月、鈴鹿市が日ロ和親条約締結150周年を機に生家近くの同所にオープンした。平屋建てのこぢんまりした施設、展示品撮影禁止は残念だっ

生家近くの光太夫記念館にはゆかりの品がいっぱい

たが、一見の価値がある。

光太夫の漂流から帰国までの体験を蘭学者桂川甫周が聞き取った『北槎聞略』がまず目についた。鈴鹿市所蔵。全12巻のうち1～7巻が展示されていた。甫周は単なる聞き書きでなく、オランダ語の地理学書を読み、光太夫の話すロシアの地理、歴史、風俗、産業などの内容と照合、正確を期したといわれる。同書がロシア研究書として高く評価されるゆえんである。

光太夫は帰国後、江戸城で将軍徳川家斉に拝謁することを許され、さまざまな質問を受ける中で、「ロシアでも桂川甫周様と中川淳庵様2人が知られている」と答え、家斉が驚く話がある。長崎出島のオランダ商館を通じて伝わったと推定される。

寛政3（1791）年ロシアから光太夫が船主の白子屋清右衛門宛に出した手紙が届かないまま、独・ゲッチンゲン大学図書館に保存されているのは驚きだ。ここにはコピーを展示「日本に帰ることは千年に一度咲くという〝うどんげ〟の花を見るより難しい」

記念館正面にロシア正装で立つ光太夫ブロンズ像

と述べているという。光太夫の望郷の思いだけでなく、船主への配慮にその人柄がしのばれる。

光太夫がロシアで使っていたすずり、扇子や食器などの日用品も展示されていた。エカテリーナ女帝の衣装や光太夫のロシア服には思わず立ち止まった。平成4（1992）年緒形拳主演の映画「おろしや国酔夢譚」で使用のものだった。この映画はロシア・ゴルバチョフ大統領来日の翌年に映画化された。

「記念館」正面にはロシア服で正装の光太夫ブロンズ像（1・75㍍）が立つ。胸にはエカテリーナ女帝にもらった勲章が輝く。同じものが「伊勢若松駅」にもあった。同館近くには、光太夫らの行方不明3年後に建立された「神昌乗組員供養碑」や顕彰碑の「開国曙光碑」がある。同市が作成した丁寧な説明板に敬愛の念がにじむ。光太夫のほか同地出身の磯吉、小市の菩提寺でも記念品などを保存、地域挙げての顕彰活動の厚さを感じた。

光太夫顕彰会も発足26年、『北槎聞略』を読む会」は16年も続いており、320回を超えるという。年2回の会報発行や高校生のミュージカル、小学校の絵画コンクールなども行われ、地道ながら地域挙げての取り組みが進められている。

（2017年9月13日、20日）

行方不明3年後、ふるさとには光太夫らの墓が建てられた

石による島おこし　北木島の魅力

北木島の最近の地域おこしに関心があった。石の歴史を観光に生かす「北木ノース・デザイン・プロジェクト」や、平成28（2016）年「第6回地域再生大賞」（共同通信社と山陽新聞社など地方紙45社主催）に輝いた「かさおか島づくり海社」（笠岡市北木島町）の活動などである。6月初め、岡山県郷土文化財団の「石の文化をたどる研修会」に参加、同島を訪れた。

厳しい島の現状

笠岡・伏越港からフェリーで50分、玄関口の金風呂港に着いた。北木島は笠岡諸島で

靖国神社大鳥居と、参道脇の大村益次郎像台座は北木石だ＝2014年撮影

は最大の島、といっても面積7・3平方キロ、早島町（7・6平方キロ）とほぼ同じ。周囲18・3キロ。眼前の緑濃い小山は、随所に石の切り出し跡が露出し、かつての石材業の繁栄をしのばせる。

島は石材産地として長い歴史を誇る。日本屈指といわれる良質の花崗岩採掘は江戸時代に始まった（北に隣接する白石島、高島も同質の石を産出するので北木産とされる）。徳川幕府が再建した大坂城桜門（他産地説もある）、戦前は日本銀行本館（明治29年）、三越本店（大正3年）などの外壁に使用され、特に昭和8（1933）年完成した靖国神社大鳥居（直径1・2メートル、長さ12メートル、重量50トン）は有名だ。

戦後の高度成長期は石材業の全盛期。瀬戸内沿岸の干拓工事、港湾工事などに建設資材として需要が殺到。採掘には削岩機やジェットバーナーを導入、産出量は戦前の十数倍にも達したという。だが昭和50年代後半になると、安い外国産に押され、海岸埋め立ての規制強化もあり低迷が続く。

現在は石質を生かした墓石などに活路を見出しているが、「最盛期の昭和32（1957）年には採石場は127カ所もあったが、今は2カ所」（鶴田石材社長）という話はショックだった。近年では、平成3年に完成した中国銀行本店ビルの石材が北木産だ。

一方、この島でも人口減と高齢化は急速に進む。平成26年10月時点で人口949人、593世帯。10年前に比べ人口は激減、高齢化率は67㌫という。3校あった小学校は北木小学校に統合されたが生徒6人、教職員7人。北木中学は島の中心地・大浦地区にあり、鉄筋4階建ての堂々たる校舎だが、生徒数4人、教職員6人と聞いた。

石と観光で島を活性化

島の新しい観光地と期待される採石場展望台を訪れた。鶴田石材（北木島町）の鶴田康範社長が、所有の石材掘削地に展望台を4月中旬オープンした。１００年以上石材掘削を続けたけわしい岸壁に鉄枠の防護柵が新設され、約20平方㍍の広さ。遥か眼下まで垂直にそいだ切削跡、底に雨水がたまった池がある。高低差１５０㍍の断崖絶壁は足がすくむよう。

150m下の石材掘削跡をのぞき込む観光客

観光客は嬉々として写真を撮りまくっていた。石材採掘の結果として誕生した産業遺産だが、掘削は今も続いている。石材工場では観光客はハンマーで石割を体験でき、石切唄も披露されて大喜び。観光客を懸命にもてなす姿勢に大きな拍手が送られた。

〝北木の桂林〟は、採掘を中止した跡に雨水がたまり出現した広い湖。石が良質だったので水面下50㍍まで掘り進められ、採掘後の切り立った岸壁が中国の桂林に似ているという。〝北木のベニス〟もある。廃石を積み上げて作った岸壁は壮観、ボートが係留されていた。石は水を浄化するため、エメラルドグリーンで透明度が高い。水と石の美からベニスと命名された。

北木島では「石と観光のコラボで島おこし」と新しい挑戦が続いている。代表格が「北木ノース・デザイン・プロジェクト」。「石の歴史や文化を島民みんなが再発見し、自信をもって観光客に語ることで活性化を図る」と同市観光産業課。海水浴と磯釣りに並ぶ観光3本柱に育成したいという。

〝北木の桂林〟は岩壁と透明な水が売り物

平成25、26（2013、14）年度には同プロジェクトでアーティスト2人（スプレーアートと映像）が島に滞在。町内会や公民館、石材関係者は実行委員会を組織してバックアップし、記録集や映像の成果を生んだ。同27、28（2015、16）年度はこれらを島内外の関係者に積極的にPRした。「この活動は寡黙でシャイな島民に自信を持たせ、今はみんなに島おこしの気持ちがあふれている」と同課は力をこめる。

港周辺の多彩なモニュメント

島の港周辺には自然石と多彩なモニュメントが多い。金風呂港周辺には「ビーナスの誕生」「あまんじゃくの石像」と、ネーミングがユニークで形も面白い自然石がある。北木小には島の「石切唄」を紹介した石碑がある。これらは時間の都合で見学できなかったのが残念。

北木石を全国に知らしめた畑中平之丞は〝石の聖〟と尊敬されている

帰途乗船した豊浦港周辺は北木島の歴史と伝統を凝縮した石碑やモニュメントがずらり。まず目につくのが「石の聖《ひじり》」と島民から尊敬される畑中平之丞《はたなかへいのじょう》（1843〜1930）の胸像だ。畑中は島の良質の花崗岩に着目、北木石を全国に広め石材産業の発展に尽くした功労者だ。

像は高さ1㍍余の北木産の石座に祀られ、島民の畏敬の念を肌身に感じた。職業訓練校北木分校にあったが、大名の刻印石とともにここに移転した。隣には「メビウスの輪」と呼ばれる巨大な石造のリングとオブジェ風の時計塔。いずれもカメラスポットで観光客はしきりにシャッターを押していた。

島東部の大浦港近くの北木中学校1階の「北木石記念室」も必見だ。同校創立50周年を記念して平成8（1996）年にオープンした。石の掘削、切り出し、加工などで使用された道具類が多数展示されている。このうち199点が登録有形民俗文化財、ほかに石材業の過去、現在、未来を写真や図表などで分かりやすく展示する。

帰途、フェリーの甲板で遠ざかる島を眺めながら

北木中に設けられた「北木石記念室」は多数の掘削道具が展示されている

「わずかの人口の離島で石材だけでどれだけ島の自主再生ができるのか」との思いがよぎった。「島づくり海社のように行政の強力なリーダーシップと支援、近隣諸島との緊密な連携などが不可欠ではないか」と考えざるを得なかった。がんばれ　北木島！

島民を一体化した「島づくり海社」の活動

「かさおか島づくり海社」は、笠岡諸島の中で人の住む7島（約2000人）を〝一つの島〟と考え、人々が島に快適に住み続けられるよう活動をしているNPO法人（理事長鳴本浩二氏）。

平成9（1997）年6月発足の「島をゲンキにする会」としてスタート。過疎化と高齢化の進展に危機感を強めた北木島の有志が結成した。その第一歩は同10（1998）年8月、7島住民に参加を呼び掛けて初めて開催した「島の大運動会」。島外の居住者も帰省して約5000人が参加、〝有史以来〟の大賑わいとなり、7島一体化の機運が大いに盛り上がった。以後毎年5月、持ち回りで開催され現在に至っている。笠岡市も同13（2001）年4月専門職員3人を派遣、官民一体で離島振興を進め、「笠岡諸島振興計画」の策定につながった。

同18（2006）年9月には「特定非営利法人かさおか島づくり海社」が発足。現在、同海社は介護事業所の運営、高齢者のためのコミュニティバス運行、買い物支援、夏季研修の受け入れ、特産品の販売などで島民の生活全般のサポートと活性化を図る。これらの活動は同28（2016）年、岡山県では初の「第6回地域再生大賞」に輝いた。

2017年6月28日付山陽新聞によると、笠岡市は香川県小豆島町と連携、ほかの島にも呼び掛け「瀬戸内の石の文化」の「日本遺産」認定を目指すという。今後も北木島の島おこしは目が離せない。

（2017年7月5日、12日）

こんぴら歌舞伎「神霊矢口渡」を堪能した

日本最古の芝居小屋・金丸座（香川県琴平町）の「四国こんぴら歌舞伎大芝居」が4月8日開演、23日まで熱演が繰り広げられている。今年（2017）で33回目。今回は「神霊矢口渡」（昼の部）を観たくて早めに予約した。船頭頓兵衛（坂東弥十郎）の強欲ぶり、一人娘お舟（片岡孝太郎）の悲恋など舞台間近で江戸芝居の面白さを堪能した。

涙を誘う悲恋物語

「神霊矢口渡」の原作者・福内鬼外《ふくうちきがい》は、江戸時代多才の奇人で知られる平賀源内（1728～1780）のペンネーム、讃岐・志度浦（現香川県さぬき市志度）生まれで、南北朝時代の武将新田義貞の次男義興を祀る新田神社（現東京・大田区）の依頼で浄瑠璃として書き上げた。

明和7（1770）年に初演、寛政6（1794）年には歌舞伎でも上演され、江戸っ子が熱狂する人気演目になった。現在は4段目「頓

兵衛住家」だけの公演が多い。同市の「平賀源内記念館」には希少本の浄瑠璃本がある（拙著『おかやま雑学ノート第11集』）。

鎌倉幕府滅亡後、後醍醐天皇は〝建武の新政〟を断行したが、有力武将足利尊氏と新田義貞の対立が表面化、かつての同志は相戦う破目に。新田義興は尊氏討伐に向かう途中、多摩川矢口の渡しで強欲な船頭頓兵衛の策略で溺死させられた（討ち死に説もある）。義興の弟義峯と恋人は、悪者に追われ逃げる途中、たまたま矢口の渡しで頓兵衛に一

夜の宿を求めた。これが悲劇の始まりで、娘お舟は義峯に一目ぼれ、燃えるような恋心を抱く。強欲な頓兵衛は義峯が義興の弟と知り、殺して金儲けをたくらむ。

お舟は事情を知り命がけで義峯らを逃すが、みずからは父の手にかかって殺される悲恋物語。お舟は息絶え絶えの重傷ながら、頓兵衛が討手を集めるためにあげた狼煙《のろし》解除の太鼓をたたくシーンはクライマックス、涙をぬぐう客も見られた。今回の席は舞台すぐ近くの花道脇。役者の細かな立ち居振る舞いはいうに及ばず、喜怒哀楽の表情、目玉の動きまで観察でき、江戸芝居の雰囲気を堪能した至福の1時間余だった。

矢口の渡しは多摩川の下流にあり、現東京・大田区と川崎市を結ぶ渡船場。多摩川はたびたび流路を変え、南北朝時代は現在より東を流れ、江戸時代半ばに現在

毎年大にぎわいが続く「四国こんぴら歌舞伎」館内

のような流れになった。昭和24（1949）年第二京浜国道多摩川大橋の完成に伴い廃止された。渡し跡に区教育委員会の説明板がある。

地元の熱意で復活したこんぴら歌舞伎

江戸時代、海の神様・金刀比羅宮はお伊勢参りとともに全国から多数の参拝客を集め、〝讃岐のこんぴらさん〟として親しまれた。天保6（1835）年その門前に建てられたのが金丸座、現在は全国から歌舞伎ファンを集める。700余の席は満席が続いている。

金丸座は大坂・道頓堀の大西芝居（のちの浪速座）と並ぶ大規模な芝居小屋、年3回（3、6、10月）の興行はいつも満員。門前町では、相撲、操り人形、富くじなどが催され、富くじは取り締まりが緩やか、賑

「旧金毘羅大芝居」は昭和51年現在地に移転復元された

わいに拍車をかけた。

明治になると、こんぴら参りの風習は次第に薄れ、金丸座は地回り興行の芝居小屋になった。戦後は映画館になったこともあるが、間もなく閉館。昭和28（1953）年、建物は香川県文化財に指定されたが、同39（1964）年に解除、すっかり忘れ去られた。

だが地元有志が「江戸時代の芝居小屋を守ろう」と立ち上がり、同45（1970）年6月、現存する日本最古の芝居小屋として国の重要文化財に指定され、名称を「旧金毘羅大芝居」に変更した。2年後には国の補助金を受け、旧町内からの移築復元工事がスタート、同51（1976）年3月現在地（琴平町字川西乙1241）に復元された。

当然のことながら歌舞伎俳優は「江戸時代そのままの芝居小屋で演技したい」と熱望、ファンからは「昔の雰囲気で芝居を観たい」の声が上がった。同60（1985）年4月「四国こんぴら歌舞伎大芝居」が初めて開かれ、以後毎年春の人気行事として今日に至っている。

平成15（2003）年9月には大改修に着手、翌年春には外装、内観ともに一新した。この過程で客席の天井に竹を格子状に組み、荒縄で締める「ブドウ棚」と呼ばれる造作と、花道上部に役者を宙づりにする「かけ筋」の装置が発見され、メディアで大きく報道されたことは記憶に新しい。耐震補強工事に伴い、客席にあった4本の鉄柱が撤去され、内装も江戸時代通りに復元された。この鉄柱を使用した「平成の大改修」記念モニュメントが近くにある。

当初の建物は町中心部（琴平町758）にあった。現在は町立歴史民俗資料館として、江戸から現在までの琴平の賑わいを伝える展示物が多数展示されている。特に

江戸時代の芝居小屋「金丸座」跡には琴平町立歴史民俗史料館がある。館内には昔の看板も展示（右）

当時の歌舞伎衣装、看板、小道具などは興味深い。「こんぴら歌舞伎期間中は入館者が少し増えるが、ふだんは1日1、2人」というのは寂しい。

（2017年4月26日、5月3日）

あとがきに代えて―歴史の曲解は許されない

昨年（２０１７）11月岡山市で上演された市民ミュージカル「オランダおイネあじさい物語」（山陽放送主催）は、出演者の熱演が観客を魅了、惜しみない拍手が続いた。しかし内容は山陽放送原憲一代表取締役会長が冒頭のあいさつで力説した「師弟愛に満ちたふたりの物語として通説を打破する」という意気込みには程遠いものだった。

シーボルトの娘楠本イネの生涯が人々の感動を呼ぶのは、岡山で負った癒しがたい心の傷を乗り越え、日本初の女性産科医になるという初志を貫徹したからだ。さらに明治6（１８７３）年、宮内庁御用掛として明治天皇権典侍葉室光子の出産にたずさわる光栄にも浴した。父シーボルトの弟子で、30歳も年上の医師石井宗謙に船中で乱暴され出産というイネの口惜しさと絶望を曲解したのは、熱演が際立っただけに惜しまれる。

納得できないのは同社番組「地域スペシャル　メッセージ」の「オランダおイネ知られざる生涯」（1時間番組）である。その第4章「高子（たか）出生の秘密」は理由を明快に説明しないまま、通説とされてきた宗謙乱暴説は「イネの娘たかの年齢からくる虚言」と否定した上、イネ出産は宗謙との師弟愛の結果と断定、ミュージカルの〝援護射撃〟としたことだ。

ミュージカルは性格上エンタテイメントも要求されよう。それに目くじらを立てるつもりはないが、「メッセージ」は山陽放送の看板報道番組である。十分な説明もないまま、通説を一方的に曲解し、その上、幕末の河川航行の理解不足からくる間違いも多い。

2月半ば同社に「番組の一部に尋ねたい点があるので、取材記者に会いたい」と連絡。1週間後「忙しいので面談でなく、今すぐ話したい」との電話があり、以下の3点をただした。

①　イネの娘たかの証言は72歳の高齢からくる虚言で、本人の体験と混同しているとした根拠はどこにあるのか。（赤井の言い分＝長崎の郷土史家古賀十二郎によると、たかは10歳若く見え元気そうと述懐。また古賀は44歳の働き盛り、取材経験も豊富。詳細な聞き取り調書が残されており、虚言とは思えない）

②　旭川京橋かいわいは川底が浅く高瀬舟でなければ航行できず、船頭も3人乗っており船中乱暴はあり得ないというが、幕末の河川、海上航行の認識に誤りがある。京橋は港湾設備が整備されており、放送したような川岸に水草が生え、カニが這う状況ではない。（赤井＝当時、岡山藩管内に中小弁才船、高瀬舟は２０００艘以上あった。イネらが乗船した京橋近くの橋本町の乗り場は、雁木などが整備され、水深、川幅とも３００石〜５００石クラスの弁才船は接岸、航行可能。3キロ下流には岡山藩御舟入が江戸時代初めからあり、御座船、中小弁才船多数が常駐するほどの水深、水量もあった。弁才船の船底が3層構造といまだに思い込んでいるのではないか）

③　旭川の高瀬舟航行を議論しているのに、なぜ兵庫県加東市、加古川上流にある滝野歴史民俗資料館の2分の1模型の高瀬舟を登場させたのか（赤井＝岡山県立博物館、高梁市観光駐車場にはほぼ実物大の高瀬舟が展示してある）

取材記者は③については「カメラ映りを考慮して同館を選んだ」と回答。①②については「コメントする立場にない」と答えた。「ディレクターであり、担当記者なのにおかしい」と追及したが、それ以上の回答は拒んだ。上司に報告して返事が欲しいと頼んだが、同社からの連絡はまだない。

それにしても岡山ではなぜ歴史の我田引水的な解釈が続出するのか。数年前に喧伝された備中松山藩元締役山田方谷の「8年間に藩借財10万両返済、蓄財10万両」、今回も好色で不遜とされる医師石井宗謙への異常な擁護がその好例である。

今年3月14日付山陽新聞によると、NHKと民放でつくる第三者機関「放送倫理・番組向上機構（BPO）」放送倫理検証委（番組のねつ造問題など担当）の川端和治委員長は、3月末退任を前に「テレビは放送倫理を順守し、きちんと裏が取れた事実を伝えて信頼を得ることで、虚偽と事実がまざったネット情報と違いを出し、存在意義を示すことができる」と放送関係者に呼び掛けている。放送人ばかりでなく、マスメディアすべてに当てはまる名言と思う。

今回も吉備人出版山川隆之社長を始め、多くの人々に助けられて、『おかやま雑学ノート』第15集を刊行できた。心からお礼申し上げたい。各項のカッコ内の日付は、昨年4月〜今年2月はくらしきエフエム、3月は岡山エフエムでの放送日である。

平成30年5月

赤井　克己

赤井　克己（あかいかつみ）

1934年岡山市東区瀬戸町生まれ。神戸大経営学部卒。58年に山陽新聞社入社。編集局長、常務、専務を経て、98年に山陽印刷社長。02年に同社を退任しハワイ・日米経営科学研究所に留学、国際ビジネスを学ぶ。03年4月からエフエムくらしきで「聴いてちょっとためになる話」、07年4月からは岡山エフエムでも「赤井克己の岡山歴史ノート」の番組で、本書の内容の放送を続けている。英検1級、国連英検A級、V通訳英検A級。87年山陽新聞連載企画「ドキュメント瀬戸大橋」取材班代表で日本新聞協会賞受賞。13年大原孫三郎・総一郎研究会募集論文に入選。著書に『67歳前社長のビジネス留学』（私家版）『おかやま雑学ノート』（第1集～第14集）、『瀬戸内の経済人』『続瀬戸内の経済人』（以上吉備人出版）、『岡山人じゃが』（共著・吉備人出版）など。岡山市北区栢谷在住

83歳、まだまだ書くぞ　おかやま雑学ノート　第15集

2018年6月1日　初版発行

著　者　赤井克己

発　行　吉備人出版

〒700-0823　岡山市北区丸の内2丁目11の22

電　話　086(235)3456

ファクス　086(234)3210

ウェブサイト http://www.kibito.co.jp

Eメール books@kibito.co.jp

郵便振替01250-9-14677

印　刷　株式会社三門印刷所

製　本　株式会社岡山みどり製本

ISBN978-4-86069-552-1 C0095